本色文丛·柳鸣九　主编

心自闲室文录

序跋合编

止　庵／著

海天出版社（中国·深圳）

图书在版编目（CIP）数据

心自闲室文录：序跋合编 / 止庵著.—深圳：海天
出版社，2017.7
（本色文丛）
ISBN 978-7-5507-2009-1

Ⅰ.①心… Ⅱ.①止… Ⅲ.①序跋—作品集—中国—
当代 Ⅳ.①I267

中国版本图书馆CIP数据核字（2017）第120653号

心自闲室文录
XINZIXIANSHIWENLU

深圳出版发行集团
海天出版社

出品人	聂雄前
责任编辑	林星海
责任技编	蔡梅琴
装帧设计	Smart 深圳斯迈德设计 0755-83144228

出版发行	海天出版社
地　　址	深圳市彩田南路海天大厦（518033）
网　　址	www.htph.com.cn
订购电话	0755-83460397（批发）　0755-83460397（邮购）
印　　刷	深圳市新联美术印刷有限公司
开　　本	787mm×1092mm　1/32
印　　张	9.625
字　　数	160千
版　　次	2017年7月第1版
印　　次	2017年7月第1次
定　　价	36.00元

　　止庵，本名王进文，1959 年生于北京。传记随笔作家。著有《惜别》《周作人传》《神拳考》《樗下读庄》《老子演义》《插花地册子》等二十余种著作，并编订周作人、张爱玲的作品集。

总序：学者散文漫议

◎ 柳鸣九

"本色文丛"现已出版三辑，共二十四种书，在不远的将来，将出齐五辑共四十种书。作为一个散文随笔文化项目，已经达到了一定的规模，也大致上形成了自己的特色：一是以"有作家文笔的学者"与"有学者底蕴的作家"为邀约对象，而由于我个人的局限性，似乎又以"有作家文笔的学者"为数更多；二是力图弘扬知性散文、文化散文、学识散文，这几者似乎可统称为"学者散文"。

前一个特点，完全可以成立，不在话下，你们邀哪些人相聚，以文会友，这是你们自家的事，你们完全可以采取任何的称呼，只要言之有据即可。何况，看起来的确似乎是那么回事。

但关于第二个特点，提出"学者散文"这个概念本身就是易于带来若干复杂性的问题，要说明清楚本就不容易，要论证确切更为麻烦，而且说不定还会有若干纠缠需要澄清。所有这些，就不是你们自己的事，而是大家关心的事了。

在这里，首先就有一个定义与正名的问题：究竟何谓"学者散文"？在局外人看来，从最简单化的字面上的含义来说，"学者散文"大概就是学者写的散文罢，而不是生活中被称为"作家"的那些爬格子者、敲键盘者所写的散文。

然而实际上，在散文这个广大无垠的疆土上活动着的人，主要还是被称为作家的这一个写作群体，而不是学者。再一个明显的实际情况就是，在当代中国散文的疆域里，铺天盖地、遍野开花的毕竟是作家这一个写作者群体所写的散文。

那么，把涓涓细流的"学者散文"汇入这个主流，统称为散文不就得了嘛，何必另立旗号？难道你还奢望喧宾夺主不成？进一步说，既然提出了"学者散文"之谓，那么，写作者主流群体所写的散文究竟又叫什么散文呢？虽然在中外古典文学史中，甚至在20世纪前50年的中国文学界中，写散文的作家，大多数都同时兼为学者、学问家，或至少具有学者、学问家的素质与底蕴。只是在近半个多世纪以来的中国文学界中，同一个人身上作家身份与学者身份互相剥离，作家技艺与学者底蕴不同在、不共存的这种倾向才越来越明显。我们注意到这种现实，我们尊重这种现实，那么，且把近半个多世纪以来由纯粹的作家（即非复合型的写作者）创作的遍地开花的散文作品，称为"艺术散文"，可乎？

似乎这样还说得过去，因为，纯粹意义上的作家，都是致力于创作的，而创作的核心就是一个"艺"字。因此，纯粹意义上的作家，就是以艺术创作为业的人，而不是以"学"为业的人，把他们的散文称为艺术散文，既是一种应该，也是一种尊重。

话不妨说回去，在我的概念中，"学者散文"一词其实是从写作者的素质与条件这个意义而言的。"素质与条件"，简而言之，就是具有学养底蕴、学识功底。凡是具有这种特点、条件的人，所写出的具有知性价值、文化品位与学识功底的散文，皆可称"学者散文"。并非强调写作者具有什么样的身份，在什么领域中活动，从事哪个职业行当，供职于哪个部门……

以上说的都是外围性的问题，对于外围性的问题，事情再复杂，似乎还是说得清楚的，但要往问题的内核再深入一步，对学者散文做进一步的说明，似乎就比较难了。具体来说，究竟何为"学者散文"？"学者散文"究竟具有什么特点？持着什么文化态度？表现出什么风格姿态？敝人既然闯入了这个文艺白虎堂，而且受托张罗"本色文丛"这个门面，那也就只好硬着头皮，提供若干思索，以就教于文坛名士才俊、鸿儒大家了。

说到为文构章，我想起了卞之琳先生的一句精彩评语，那时我刚调进外文所，作为他的助手，我有机会听到卞公对文章进行评议时的高论妙语。有一次他谈到一位年轻笔者的时候，用幽默调侃的语言评价说："他很善于表达，可惜没什么可表达的。"说话风趣幽默，针砭入木三分。不论此评语是否完全准确，但他短短一语毕竟道出了为文成章的两大真谛：一是要有可供表达、值得表达的内容，二是要有善于表达的文笔。两者缺一不可，如果两者具备，定是珠联璧合的佳作。这个道理，看起来很简单、很朴素，甚至看起来算不上什么道理，但的的确确可谓为文成章的"普世真理"、当然之道。对散文写作，亦不例外。

就这两个方面来说，有不同素养的人、有不同优势与长处的人，各自在不同的方面肯定是有不同表现的，所出的文字，自然会有不同的特点与风格。一般来说，艺术创作型的写作者，即一般所谓的作家，在如何表达方面无一不具有一定的实力与较熟练的技巧。且不说小说、诗歌与戏剧，只以散文随笔而言，这一类型的写作者，在语言方面，其词汇量也更多更大，甚至还能进而追求某种语境、某种色彩、某种意味；在谋篇布局方面，烘托铺垫、起承转合、舒展伸延、跌宕起伏、统筹安排、井然有序。所有这些，在中华文章之道中本有悠久传统、丰富经验，如今更是轻车熟路，掌握自如；在描写与叙述方面，不论是描写客观的对象还是自我，哪怕只是描写一个细小的客观对象，或者描写自我的某一段平常而普通的感受，也力求栩栩如生、细致入微，点染铺陈，提高升华，不怕你不受感染，不怕你不被感动；在行文上，则力求行云流水，妙笔生花，文采斐然，轻灵跃动；在阅读效应上，也更善于追求感染力效应的最大化，宣传教育效应的最大化，美学鉴赏效应的最大化。总而言之，读这一种类型的散文是会有色彩缤纷感的，是会有美感的，是会有愉悦感的，而且还能引发同感共鸣，或同喜或同悲，甚至同慷慨激昂、同心潮澎湃……

　　我以上这些浅薄认识与粗略概括是就当代与学者散文有所不同的主流艺术散文而言的，也就是指生活中所谓的纯粹作家的作品而言的。我有资格做这种概括吗？说实话，心里有些发虚，因为我对当代的散文，可以说是没有多少研究，仅限于肤表的认识。

　　在这里，我不得不对自己在散文阅读与研习方面的基础，做出如实的交待：实事求是地说，20世纪前50年的散文我还算读过不少，鲁迅、茅盾、谢冰心、沈从文、朱自清、俞平伯、老舍、徐志摩、郁达夫、凌叔华、胡适、林语堂、周作人等人的散文作品，虽然我读得很不全，但名篇、代表作都读过一些。这点文学基础是我从中学教科书、街上的书铺、学校的图书馆，以至后来在北大修王瑶的中国现代文学史期间完成的。在大学，念的是西语系，后又干外国文化研究这个行当，从此，不得不把功夫都用在读外国名家名作上面去了。就散文作品而言，本专业的法国作家作品当然是必读的：从蒙田、帕斯卡尔、笛卡尔、伏尔泰、狄德罗、卢梭，到夏多布里盖、雨果、都德，直到20世纪的马尔罗、萨特、加缪等。其他专业的作家如英国的培根、德国的海涅、美国的爱默生、俄国的屠格涅夫等人的作品，也都有所涉猎。但我对中国20世纪50年代以后的半个多世纪以来的散文随笔就读得少之又少了，几乎是一穷二白。承深圳海天出版社的信任，张罗"本色文丛"，这对我来说，实在是"专业不对口"，只是为了把工作做得还像个样子，才开始拜读当代文坛名士高手的散文随笔作品。有不少作家的确使我很钦佩，他们在艺术上的讲究是颇多的，技艺水平也相当高，手段也不少，应用得也很熟练，读起来很舒服，很有愉悦感，很有美感。

不过，由于我所读的中国现代文学中的散文名家，以及外国文学中的散文作家，绝大部分都是创作者与学者两身份相结合型的，要么是作家兼学者，要么就是我所说的"有学者底蕴的作家"，"近朱者赤近墨者黑"，耳濡目染，自然形成我对散文随笔中思想底蕴、学识修养、精神内容这些成分的重视，这样，不免对当代某些纯粹写作型的散文随笔作家，多少会有若干不满足感、欠缺感。具体来说，有些作家的艺术感以及技艺能力、细腻的体验感受，固然使人钦佩，但是往往欠于思想底气、学养底蕴、学识储蓄，更缺隽永见识、深邃思想、本色精神、人格力量，这些对散文随笔而言，恰巧是至关重要的东西。当然，任何一篇散文作品是不可能没有思想，不可能不发表见解的，但在一些作家那里，却往往缺少深度、力度、隽永与独特性。更令人失望的是，有些思想、话语、见识往往只属于套话、俗话甚至是官话的性质，这在一个官本位文化盛行的社会里是自然的、必然的。总而言之，往往缺少一种独立的、特定的、本色的精气神，缺乏一种真正特立独行而又具有普遍意义的人文精神。

以上这种情况已经露出了不妙的苗头，还有更帮倒忙的是艺术手段、表现技艺的喧宾夺主，甚至是技艺的泛滥。表现手段本来是件好事，但如果没有什么可表现的，或者表现的东西本身没有多少价值，没有什么力度与深度，甚至流于凡俗、庸俗、低俗的话，那么这种表现手段所起的作用就恰好适得其反了。反倒造成装腔作势、矫揉造作、粉饰作态、弄虚作假的结果。应该说，技艺的讲究本身没有错，特别是在小说作品中，乃至在戏剧作品中，是完全适用的，也是应该的，但偏偏对于散文这样一种直叙其事、直抒胸臆的文体来说，是不甚相宜的。若把这些技艺都用在散文中间的话，在我们的眼前，全是丰盛的美的辞藻，全是绵延不断、绝美动人的文句，全是至美极雅的感受，全是绝美崇高的情感……在我看来，美得有点过头，美得叫人应接不暇，美得叫人透不过气来，美得使人有点发腻。对此，我们虽然不能说这就是"善于表现，可惜没有什么好表现的"，但至少是"善于表现"与"可表现的"两者之间的不平衡，甚至是严重失衡。

平衡是万物相处共存的自然法则，每个物种、每个存在物都有各自的特点，既有优也有劣，既有长也有短，文学的类别亦不例外。艺术散文有它的长处，也必然有与其长处相关联的软肋。对我们现在要说道说道的学者散文，情形也是这样。学者散文与艺术散文，当然有相当大的不同，即使说不上是泾渭分明，至少也可以说是各有不同的个性。我想至少有这么两点：其一，艺术散文在艺术性上，一般的来说，要多于高于学者散文。在这一点上，学者散文是一个弱点，但不可否认，也是学者散文的一个特点。显而易见，在语言上，学者散文的词汇量，一般的来说，要少于艺术散文。至于其色彩缤纷、有声有色、精细入微的程度，学者散文显然要比艺术散文稍逊一筹；在艺术构思上，虽然天下散文的结构相对都比较简单，但学者散文也不如艺术散文那么有若干讲究；在艺术手段上，学者散文不如艺术散文那样多种多样、花样翻新；在阅读效果上，学者散文也往往不如艺术散文那么有感染力，能引起读者的悦读享受感，甚至引起共鸣的喜怒哀乐。其二，这两个文学品种，之所以在表现与效应上不一样，恐怕是取决于各自的写作目的、写作驱动力的差异。艺术散文首先是要追求美感，进而使人感染、感动，甚至同喜怒；学者散文更多的则是追求知性，进而使人得到启迪、受到启蒙、趋于明智。

这就是它们各自的特点，也是它们各自的长处与短处。这就是文学物种的平衡，这就是老天爷的公道。

讲清楚以上这些问题之后，我们再专门来说说学者散文，也许就会比较顺当了，我们挺一挺学者散文，也许就不会有较多的顾虑了。那么，学者散文有哪些地方可以挺一挺呢？

近几年来，我多多少少给人以"力挺学者散文"的印象。是的，我也的确是有目的地在"力挺学者散文"，这是因为我自己涂鸦涂鸦出来的散文，也被人归入学者散文之列，我自己当然也不敢妄自菲薄，这是我自己基于对文学史和文学实际状况的认知。

从文学史的发展来看，无论是中外，散文这一古老的文学物种，一开始就不是出于一种唯美的追求，甚至不是出于一种对愉悦感的追求；也不是为了纯粹抒情性、审美性的需要，而往往是由于实用的目的、认知的目的。中国最古老的散文往往是出于祭祀、记述历史，甚至是发布公告等社会生活的需要，如果不是带有很大的实用性，就是带有很大的启示性、宣告性。

在这里，请容许我扯虎皮当大旗，且把中国最早的散文文集《左传》也列为学者散文型类，来为拙说张本。《左传》中的散文几乎都是叙事：记载历史、总结经验、表示见解，而最后呈现出心智的结晶。如《曹刿论战》，从叙述历史背景到描写战争形式以及战役的过程，颇花了一些笔墨，最终就是要说明一个道理："夫战，勇气也。一鼓作气、再而衰、三而竭。"我不敢说曹刿就是个学者，或者是陆逊式的书生，但至少是个儒将。同样，《子产论政宽猛》也是叙述了历史背景、政治形势之后，致力于宣传这一高级形态的政治主张："政宽则民慢、慢则纠之以猛、猛则民残、残则施之以宽。宽以济猛、猛之济宽、政是以和。"此一政治智慧乃出自仲尼之口，想必不会有人怀疑仲尼不是学者，而记述这一段历史事实与政治智慧的《左传》的作者，不论是传说中的左丘明也好，还是妄猜中的杜预、刘歆也罢，这三人无一不是学者，而且就是儒家学者。

再看外国的文学史，我们遵照大政治家、大学者、大诗人毛泽东先生的不要"言必称希腊"遗训，且不谈柏拉图与亚里士多德，仅从近代"文艺复兴"的曙光开始照射这个世界的历史时期说起，以欧美散文的祖师爷、开拓者，并实际上开辟了一个辉煌的散文时代的几位大师为例，英国的培根，法国的蒙田，以及美国的爱默生，无一不是纯粹而又纯粹的学者。说他们仅是"学者散文"的祖师爷是不够的，他们干脆就是近代整个散文的祖师爷，几乎世界所有的散文作者都是在步他们的后尘。只是后来由于各种复杂的历史原因，到了我们的现实生活里，才有艺术散文与学者散文的不同支流与风格。

这几位近代散文的开山祖师爷，他们写作散文的目的都很明确，不是为了抒情，不是为了休闲，不是为了自得其乐，而都是致力于说明问题、促进认知。培根与蒙田都是生活在欧洲历史的转变期、转型期，社会矛盾重重，现实状态极其复杂。在思想领域里，以宗教世界观为主体的传统意识形态已经逐渐失去其权威，"文艺复兴"的人文主义思潮与宗教改革的要求，正冲击着旧的意识形态体系，推动着历史的发展。他们都是以破旧立新的思想者的姿态出现的，他们的目标很明确，都是力图修正与改造旧思想观念，复兴人类人文主义的历史传统，建立全新的认知与知识体系。培根打破偶像，破除教条，颠覆经院哲学思想，提倡对客观世界的直接观察与以实验为基础的科学方法，他的散文几乎无不致力于说明与阐释，致力于改变人们的认知角度、认知方法，充实人们的认知内容，提高人们的认知水平。仅从其散文名篇的标题，即可看出其思想性、学术性与文化性，如《论真理》《论学习》《论革新》《论消费》《论友谊》《论死亡》《论人之本心》《论美》《说园林》《论愤怒》《论虚荣》，等等。他所表述所宣示的都是出自他自我深刻体会、深刻认知的真知灼见，而且，凝聚结晶为语言精练、意蕴隽永、脍炙人口的格言警句，这便是培根警句式、格言式的散文形式与风格。

蒙田的整个散文写作，也几乎是完全围绕着"认知"这个问题打转，他致力于打开"认知"这道门、开辟"认知"这一条路，提供方方面面、林林总总的"认知"的真知灼见。他把"认知"这个问题强调到这样一种高度，似乎"认知"就是人存在的最大必要性，最主要的存在内容，最首要的存在需求。他提出了一个警句式的名言："我知道什么呢？"在法文中，这句话只有三个字，如此简短，但含义无穷无尽。他以怀疑主义的态度提出了一个对自我来说带有根本意义的问题：对自我"知"的有无，对自我"知"的广度、深度和力度，提出了根本性的质疑；对自我"知"的满足，对自我"知"的权威，对自我"知"的武断、专横、粗暴、强加于人，提出了文质彬彬、谦逊礼让，但坚韧无比、尖锐异常的挑战。如果认为这种质疑和挑战只是针对自我的、个人的蒙昧无知、混沌愚蠢、武断粗暴的话，那就太小看蒙田了，他的终极指向是占统治地位的宗教世界观、经院哲学，以及一切陈旧的意识形态。如此发力，可见法国人的智慧、机灵、巧妙、幽默、软里带硬、灵气十足，这样一个软绵绵的、谦让的姿态，在当时，实际上是颠覆旧时代意识形态权威的一种宣示、一种口号，对以后几个世纪，则是对人类求知启蒙的启示与推动。直到 20 世纪，"Que sais－je"这三个简单的法文字，仍然带有号召求知的寓意，在法国就被一套很有名的、以传播知识为宗旨的丛书，当作自己的旗号与标示。

在散文写作上，蒙田如果与培根有所不同，就在于他是把散文写作归依为"我知道什么呢？"这样一个哲理命题，收归在这面怀疑主义的大旗下，而不像培根旗帜鲜明地以打破偶像、破除教条为旗帜，以极力提倡一种直观世界、以科学实验为基础的认知论。但两人的不同，实际上不过是殊途同归而已，两人的"同"则是主要的、第一位的。致力于"认知"，提倡"认知"便是他们散文创作态度的根本相同点。值得注意的是，在他们的笔下，散文无一不是写身边琐事，花木鱼虫、风花雪月、游山玩水，以及种种生活现象；无一不是"说""论""谈"。而谈说的对象则是客观现实、社会事态、生活习俗、历史史实，以及学问、哲理、文化、艺术、人性、人情、处世、行事、心理、趣味、时尚等，是自我审视、自我剖析、自我表述，只不过在把所有这些认知转化为散文形式的时候，培根的特点是警句格言化，而蒙田的方式是论说与语态的哲理化。

从中外文学史最早的散文经典不难看出，散文写作的最初宗旨，就是认识、认知。这种散文只可能出自学者之手，只可能出自有学养的人之手。如果这是学者散文在写作者的主观条件方面所必有的特点的话，那么学者散文作为成品、作为产物，其最根本的本质特点、存在形态是什么呢？简而言之，就是"言之有物"，而不是"言之无物"。这个"物"就是值得表现的内容，而不是不值得表现的内容，或者表现价值不多的内容，更不是那种不知愁滋味而强说愁的虚无。总之，这"物"该是实而不虚、真而不假、厚而不浅、力而不弱，是感受的结晶，是认知的精髓，是人生的积淀，是客观世界、历史过程、社会生活的至理。

既然我们把"言之有物"视为学者散文基本的存在形态，那就不能不对"言之有物"做更多一点的说明。特别应该说明的是，"言之有物"不是偏狭的概念，而是有广容性的概念；这里的"物"，不是指单一的具体事物或单一的具体事件，它绝非具体、偏狭、单一的，而是容量巨大、范围延伸的：

就客观现实而言，"言之有物"，既可是现实生活内容，也可是历史的真实；

就具体感受而言，"言之有物"，是言之由具象引发出来的实感，是渗透着主体个性的实感，是情境交融的实感，特定际遇中的实感，有丰富内涵的实感，有独特角度的实感，真切动人的实感，足以产生共鸣的实感；

就主体的情感反应而言，"言之有物"，是言之有真挚之情，哪怕是原始的生发之情。是朴素实在之情，而不是粉饰、装点、美化、拔高之情；

就主体的认知而言，"言之有物"，首先是所言、所关注的对象无限定、无疆界、无禁区，凡社会百业、人间万物，无一不可关注，无一不应关注，一切都在审视与表述的范围之内。这一点固然重要，但更为重要的是，对关注与表述的对象所持的认知依据与标准尺度，是符合客观实际的，是遵循科学方法的。更更重要的是，要有独特而合理的视角，要有认知的深度与广度，有证实的力度与相对的真理性，有耐久的磨损力，有持久的影响力。这种要求的确不低，因为言者是科学至上的学者，而不是感情用事的人；

就感受认知的质量与水平而言，"言之有物"，是要言出真知灼见、独特见解，而非人云亦云、套话假话连篇。"言之有物"，是要言出耐回味、有嚼头、有智慧灵光一闪、有思想火光一亮的"硬货"，经久隽永的"硬货"；

就精神内涵而言，"言之有物"，要言之有正气，言之有大气，言之有底气，言之有骨气。总的来说，言之有精、气、神；

最后，"言之有物"，还要言得有章法、文采、情趣、风度……你是在写文章，而文章毕竟是要耐读的"千古事"！

以上就是我对"言之有物"的具体理解，也是我对学者散文的存在实质、存在形态的理念。

我们所力挺的散文，是"言之有物"的散文，是朴实自然、真实贴切、素面朝天、真情实感、本色人格、思想隽永、见识卓绝的散文。

我们之所以要力挺这样一种散文，并非为了标新立异、另立旗号，而是因为在当今遍地开花的散文中，艳丽的、娇美的东西已经不少了；轻松的、欢快的、飘浮的东西已经不少了；完美的、理想的东西已经不少了……"凡是存在的，必然是合理的"，请不要误会，我不是讲这些东西要不得，我完全尊重所有这些的存在权，我只是说"多了一点"。在我看来，这些东西少一点是无伤大雅、无损胜景、无碍热闹欢腾的。

然而相对来说，我们更需要明智的认知与坚持的定力，而这种生活态度，这种人格力量，只可能来自真实、自然、朴素、扎实、真挚、诚意、见识、学养、隽永、深刻、力度、广博、卓绝、独特、知性、学识等精神素质，而这些精神素质，正是学者散文所心仪的，所乐于承载的。

2016 年 9 月 20 日完稿

目录
CONTENTS

序

　　知堂翁作《〈古槐梦遇〉序》有云，"大抵亭轩斋庵之名皆一意境也"，故钱玄同之"急就斋"，"有急就而无斋可也"；俞平伯之"秋荔亭"，"有秋荔有亭而今无亭亦可也"。我自己同样没有一间"心自闲室"，只因偶尔买着谷崎润一郎一张色纸，中意他亲笔写的这个字面，现在出书拿来利用一下而已。另外，"心自闲"与书的内容沾点边儿：这里收录的都是我过去为自己的作品所作序跋，一总以此形容一下，假若没有标榜之嫌的话，可以说不无自我告诫之意，就像我取"止庵"这个笔名，也是希望自己清醒，不嚣张，悠着点儿。至于为何专选序跋文，其一，这些文章在我的出品中要算稍稍活泼的，即如过去写文章所云，我喜欢序与后记这类名目，因为可以信口开河；其二，文章所谈都是关于自己的，连缀起来，未始不可看作一部自述。虽然，关于自己的话一向难讲。知堂翁尝有文章题曰"自己所能做的"，然而知道自己所能做的，未必就知道自己所不能做的，我为他写传记，所有的批评主要集中在这一点。当然反过来说，知道自己所不能做的，也未必就知道自己所能做的。反观乎己，大约这两方面所知所讲更不得要领，可年岁渐渐老大，很难说是否还能有真正搞明白的那一天。这正应了《庄子·养生主》所云："吾生也有涯，而知也无涯。以有涯随无涯，殆已；已而为知者，殆而已矣。"然则话说回来，明白"知也无涯"再去"为知"亦未尝不可：活一辈子，或多或少知道一点儿，也是好的。

【附记】

十九年前出过一本《止庵序跋》，可谓此书的前身，当初为其写过序跋各一，今亦收入书中，有些意思那里讲过，不复赘述。又，《关于自己》一篇，本是当作《河东辑》序二写的，书印出来却变作了附录。现置诸全书末尾，算是"代跋"也行。

二〇一六年四月二十一日

《樗下随笔》序

　　前些时读《骆驼草》杂志影印合订本，有一篇署名惠敏的《闲话》，说：

　　"一个人到了'遗嘱'的资格，我们真可以恭敬的一领教了。我且把这个遗嘱抄在下面：

　　"'曾子有疾，召门弟子曰：启予足，启予手。诗云：战战兢兢，如临深渊，如履薄冰。而今而后，吾知免夫。小子！'"

　　曾参是《论语》里活得最谨慎的人，"吾日三省吾身"是他，"慎终追远"亦是他，难怪大限将近时有松了一口气之感。但即使不像他这般有意跟自己过意不去，又将如何呢。有时候我读到孔子"知者不惑，仁者不忧，勇者不惧"和"君子坦荡荡，小人长戚戚"这些话，不知怎么总有些怀疑这也只是一种理想而已；以我自己涉世的体会，好像事实恰恰相反似的。不管怎么说，想好好活过一辈子真够沉重，真够不容易，所以曾点言志道出："莫春时，春服既成，冠者五六人，童子六七人，浴乎沂，风乎舞雩，咏而归。"孔子遂说："吾与点也。"这实在是对艰难人生的一种调剂，朱光潜所谓"人生的艺术化"也就是这个意思罢。

周作人《夜读抄·小引》云：

"先父在日，住故乡老屋中，隔窗望邻家竹园，常为言其志愿，欲得一小楼，清闲幽寂，可以读书，但先父侘傺不得意，如卜者所云，'性高于天命薄于纸'，才过本寿，遽以痼疾卒，病室乃更湫隘，窗外天井才及三尺，所云理想的书室仅留其影像于我的胸中而已。"

我读了此段文字颇有感触，伯宜公的一点梦想有如烛火之于长夜，弥足珍贵。当然可以由此进到旷远澹泊一路，但那也还是一种"艺术化"。如周氏为《古槐梦遇》作序所记：

"平伯在郊外寓居清华园，有一间秋荔亭，在此刻去看必甚佳也，详见其所撰记中。前日见平伯则云将移居，只在此园中而房屋则当换一所也。我时坐车上，回头问平伯曰，有亭乎？答曰，不。曰，荔如何？曰，将来可以有。

"昔者玄同请太炎先生书'急就顾'额，太炎先生跋语有云，至其顾则尚未有也。大抵亭轩斋庵之名皆一意境也，有急就而无顾可也，有秋荔有亭而今无亭亦可也……"

我家房后有一株樗树，即俗称臭椿者。昔人有言，"黄连树下弹琴",如今我在臭椿树下作文,其意庶几近之。在这树下住了多少年了,也别无感想。后来读《庄子·逍遥游》,有一段话谈及此树:

"惠子谓庄子曰:'吾有大树,人谓之樗。其大本拥肿而不中绳墨,其小枝卷曲而不中规矩,立之涂,匠者不顾。今子之言,大而无用,众所同去也。'庄子曰:'……今子有大树,患其无用,何不树之于无何有之乡,广莫之野,彷徨乎无为其侧,逍遥乎寝卧其下。不夭斤斧,物无害者,无所可用,安所困苦哉。'"

我们寻常人大约也只及得惠子的境界,若夫庄子则真正了得,一棵人人讨厌的臭椿也能说得那么美,以致不才如我平庸的起居也与"彷徨""逍遥"联系在了一起,我在樗下所写的平庸的小文章竟也显得(至少是自以为是)有点意思了。

一九九〇年十二月二十一日

《樗下随笔》后记

编这随笔集时我总在想的一个词是"眼高手低"。不是客气，但也与通常的解释有所不同："手低"，出自自家之手的东西确实不行；"眼高"却说的是这些年我所看的差不多都是最好的文章。我有志于文（大范围的文，小说与诗均在内）整整二十年了，关注散文随笔其实并不很久。《三字经》云："苏老泉，二十七。"说的是学犹未晚，但多少也给求学定了一个时限，在我则比这还晚点儿呢。此真可谓少壮不努力了，不过也许却是正好，过了抒情的年龄再事文章，有如孔子之沐浴而朝也。那年我从大量读周作人入手，寻流讨源，旁及左右，乃至于海外，由此大致得见整个现代散文的脉络。倒也不是说要把自己局限于某一家，两年前编《周作人晚期散文选》，在编后记中写过一段话云：

"从文学史上看，周作人散文大概主要是作为对从唐宋八大家到清朝桐城派这一路正统文学的反动而出现的。直截了当地说，韩柳之辈怎么写，他就不怎么写；他别从先秦、南北朝、晚明的散文，英国近代的小品文和日本的随笔受到启发。"

这里最重要的还是非正统这个意思；可以自信地讲，我读文章乃是走了一条正路。中国文章向来是非正统的写得好，就文章本身讲即是如此，更重要的是那些正统文章说是载道其实往往是不讲理，中了这个毒就坏了，而且难以从中脱身。不妨举一个例：周濂溪那篇《爱莲说》总是家喻户晓了罢，里面"出淤泥而不染，濯清涟而不妖"两句大概算是所谓警句，其实我们想想看，凡生在水中的植物如菱、慈姑、睡莲、水葫芦等开花哪个不是"出淤泥而不染"，干吗非拿来说荷花，至于"濯清涟而不妖"就更玄虚了。说来这乃是事先领了个观念强加给这荷花的，但除了这两句，此文于荷花亦未告诉我们什么别的。这类文章后来就太多了。我们再从《知堂乙酉文编·风的话》里抄一节看：

"古诗有云，白杨多悲风，萧萧愁杀人。这萧萧的声音我却是欢喜，在北京所听的风声中要算是最好的。在前院的绿门外边，西边种了一棵柏树，东边种了一棵白杨，或者严格的说是青杨，如今十足过了廿五个年头，柏树才只拱把，白杨却已长得合抱了。前者是常青树，冬天看了也好看，后者每年落叶，到得春季长出成千万的碧绿大叶，整天的在摇动着，书本上说他无风自摇，其实也有微风，不过别的树叶子尚未吹动，白杨柄特别细，所以就颤动起来了。戊寅以前老友饼斋常来寒斋夜谈，听见墙外瑟瑟之声，辄惊问曰，下雨了罢，但不等回答，立即省悟，又为白杨所骗了。戊寅春初饼斋下世，以后不复有深夜谈天的事，但白杨的风声还是照旧可听，从窗里望见一大片的绿叶也觉得很好看。"

这里所反映的人与自然的关系却是那么实实在在，人情阅历又尽在其中，相比之下，"出淤泥而不染"云云则是人为制造出来的也。文章一不实在，便没得根，这就叫作："七宝楼台，眩人耳目，碎拆下来，不成片段。"

但也不是说我们就一味玩性情而轻视思想，其实正相反。一九三二年钱锺书在《新月》第四卷第四期发表《中国新文学的源流》一文，是对周作人同名著作的评论，其中有一节云：

"周先生提出了许多文学上的流星，但有一座小星似乎没有能'swim into his ken'；这个人便是张大复。记得钱牧斋《初学集》里有为他作的状或碑铭。他的《梅花草堂集》（我所见者为文明书局《笔记小说大观》本）我认为可与张宗子的《梦忆》平分'集公安、竟陵二派大成'之荣誉，虽然他们的风味是完全不相同的。此人外间称道的很少，所以胆敢为他标榜一下。"

过了三年多，周作人作《〈梅花草堂笔谈〉等》提及此事：

"我赞成《笔谈》的翻印，但是这与公安竟陵的不同，只因为是难得罢了，他的文学思想还是李北地一派，其小品之漂亮者亦是山人气味耳。明末清初的文人有好些都是我所不喜欢的，如王稚登吴从先张心来王丹麓辈，盖因其为山人之流也，李笠翁亦是山人而有他的见地，文亦有特色，故我尚喜欢，与傅青主金圣叹等视。若张大复殆只可奉屈坐于王稚登之次，我在数年前偶谈《中国新文学的源流》，有批评家赐教谓应列入张君，不佞亦前见《笔谈》残本，凭二十年前的记忆不敢以为是，今复阅全书亦仍如此想。"

所以更重要的还是思想。风雅或文学与思想，周氏尝比之于瓜子和粮食，盖瓜子虽好却不可以当饭吃也。或许此类说法乃至我的引述均不免要被讥为老派，但是我写文章总是心里有意思要讲出来，若那种今人所谓"状态散文"我是不愿意多写的。

也还可以在这里略说一下我对于文章的理想。文章自有高下之分，心中有意思还要完整准确地表达在纸上，孔子说是"辞达而已矣"，这便是技巧之所在了。我不喜欢"最高的技巧是无技巧"这类话，因为很容易被误解成"无技巧是最高技巧"，就像嘲讽"死读书、读死书"的结果却是不读书一样。理想的文章大概可用"老"、"淡"、"拙"、"疏"这么几个字来概括。老是成熟洞达，沧桑，汰尽青春气；淡是发乎情止乎无情，含蓄，有意味，不夸饰浮躁，不咄咄逼人；拙是天然朴讷，大智若愚，有安排但不露痕迹；疏是写得丰腴，舒展绵延，会用闲笔、会"断"——不要起承转合。或者说你讲了这么多，自己做到了哪一样呢，恐怕一样也没有罢，"手低"，不是已经坦白了么。说实话，我始终觉得我的文章并不是非写不可的；既然写了，而且还要继续写，那么就该有一个怎么写好的理想。子曰："朝闻道，夕死可也。"在我则还且得活呢。

一九九四年九月十二日

★《樗下随笔》，中国对外翻译出版公司一九九五年四月出版。

《如面谈》序

　　莎士比亚在《第十二夜》里借一个小丑的嘴说："好好地吊死常常可以防止坏的婚姻。"这样的话很像后来的"黑色幽默"，我觉得都是承继了古代的智者一流，而智者虽然稀少，倒是东西方都有的。我自己从前写文章说："只有智者可以做得我们的知己。"我很希望能有朋友时不时地对我说说类似这里小丑的话，无论针对我的人生，还是针对我的写作。如果要我在诗人、牧师、市场上叫卖的商人和智者之间挑拣的话，我宁肯听听智者说的。或者说这里的意思太悲观了罢，不错，是很悲观，但这是对什么悲观呢，智者怀疑的只是人类的某种迷狂而已。人类给自己的打击够多了，从什么样的打击中都能挺过来，正所谓"生生不息"，又何在乎这一点怀疑的话语呢。什么时候起人类脆弱到只能听好话了呢，把智者的怀疑看作是压死骆驼的最后一根稻草，未免太夸张了。如果说智者有所怀疑的话，他首先是对自己说的话的效力表示怀疑，否则他就不能算是智者。谁也不会看了《第十二夜》回来就把自己吊死，倒是陷在"坏的婚姻"里不能自拔的人在在皆是。智者是知道了在绝对意义上言语之无用然后才说他想说的。此外我们也不能批评他是止于怀疑。如果止于怀疑，他就用不着说出他的怀疑了。怀疑的对面是肯定；我们说了，智者怀疑的是人类的迷狂，那么他肯定的就是与迷狂相反的东西，只是他不开药方而只提启示，因为开药方往往有另一种迷狂的萌芽。记得周作人说过，中国思想史上有两个好的传统，一是"疾虚妄"，一是"爱真实"。其实疾虚妄也就是爱真实。比如我读鲁迅的书，最有价值的还是其中怀疑或者说批判的部分，可能有人要嫌他只是破坏，我却觉得他的破坏就是建设。看见黑暗就是光明，没有必要再去找一道光把光照亮。智者不给我们答案，他给我们一个参照系数，告诉我们不光可以这么看，还可以那么看，当然最后怎么看那就是我们自己的事情了。

讲到写文章，我想最好也是不要渲染过分或看得太重。从自己这方面看，写作不过是我们碰巧干的一件事情，于社会、历史、人类的意义未必比别的事情大；写作的人不过是一件或若干件作品的作者，如同别的物事也有制造它的人一样。古代的文人譬如竹林七贤等，放浪形骸，傲视天下，大都是针对别的文人的，并非在普通人面前自视高人一等。从读者那一方面看，他们读了咱们的东西，也未必一定会像罗伯特·布朗宁《哈梅林的风笛手》里一城的小孩子那样，听见风笛声就中了魔法跟着走了。说穿了也只是一方面随便谈谈，另一方面随便听听而已，这有一点像朋友之间的关系。一个人可以喜欢完全相反的东西，比方我便是这样；《论语》和《庄子》我都曾下过大功夫去读，关于朋友，两家的意见就是对立的。孔子说："有朋自远方来，不亦乐乎。"庄子说："相呴以湿，相濡以沫，不如相忘于江湖。"咱们听谁的呢。我想人与人之间还是自由一点的好，"相呴以湿，相濡以沫"，这举动当然感人，但如果有一方面不愿意，那就有点儿恶心了；不过彼此置身于"江湖"，"相忘"也太无情些，还是"有朋"的好，虽然不必央告着他非得"自远方来"。朋友对我来说，好像是世界从黑暗中呈现出来的那一部分。偶尔写点什么，也就是与朋友的一种交流方式，而且是最主要的方式。因为我们干的就是交流的活计，不比别的行当，想交流意思只能是在工作之外。朋友就是意识到彼此的存在。所以如果我以一个人为朋友，我就想听他说点什么，他若是写文章的，那么在报刊上或书店里看见他名下的东西我就要看一下。我对别人如此，我希望别人对我亦然。如果能听见或说出一两句类似莎士比亚笔下小丑的话就太幸运了，但是也不敢太多指望（至少从自己这一方面来说）。至于这朋友认识与否，见没见过面，其实并没有太大关系。

　　忘了从谁的书里得知俞曲园曾手制一种信笺，上面画两个老人对坐，旁题"如面谈"，我觉得此语甚好，如果再能出书就取它当书名罢。此一"如"字尤得我意，说来我平素很不擅于与人打交道，即使对极敬重的人也是这样，如面谈而终于不是面谈，庶几可以减免一些拘束与尴尬，又由得我们说我们想说的，这才说得上是"不亦乐乎"呢。

一九九七年一月十二日

《如面谈》后记

　　收在这里的文章除关于周作人晚期散文和杨绛散文那两篇外，都写在一九九五年春至一九九七年初。此前所作曾编为《樗下随笔》一书出版。比较起来，先头写的好像显得要"瘦"一点儿，但也不是说就有了多大起色，还是此一时也彼一时也罢；不过喜欢的几个题目后来想得倒是稍稍深入了些。此外解释的话说不说两可，正好前不久回答过一位编者的提问，顺手抄引在这儿就是了：

　　"问：在古今中外的散文作家（非散文作家亦可）中，你最喜欢的是哪些人？你心目中的散文传统是什么？答：我喜欢的散文作家和非散文作家及其作品中，对我写作有所影响的主要有这些：一是周作人以及废名等人的随笔，它们看似闲适，其实充满了文化批判意味；一是浦江清、孙楷第、顾随等人的文史方面的学术论文，我当文章来读，觉得结实，有内容，有分量，又兼具文章之美，是很好的美文；一是历史上不大符合现在流行的'散文'观念的一路文字，从《论语》开始，包括后来的诗话、词话、语录、笔记、题跋等。外国散文的译本最喜欢日本作家的，如川端康成等。另外，庄子和卡夫卡，虽然文体方面我没怎么学到，但在思想上获益于他们甚多。散文对我来说首先是个广泛的概念，介乎诗与不具文学色彩的学术论文之间，包括抒情散文，叙事散文，随笔和有文学色彩的论文在内，虽然四者在散文里并不分主次，但我更强调'史论皆文'；在这个范围内，过去凡是好话好说、合情合理、非正统和不规矩的文章都是好的传统，与此相反的比如从所谓'唐宋八大家'一脉下来，直到二三十年前的那种说是载道其实是不讲理、说是抒情其实是矫情的文章，在我看来只能说是坏的传统。

"问：简述你本人的心路历程与你的散文创作的关系。答：这可以分成三方面来说。一、我的文章从未以描写生活或介绍知识为终极目的，我更看重的是对它们的思考与感受，这来自我的经历与阅读，我从这不能截然分开而且互相作用着的两方面获得几乎同样多的收益；二、我是学医出身，后来在文章中表述的'唯物'与'怀疑'等思想与所学的这门科学大概有些关系；三、过了三十岁我才写散文，那时彻底告别浪漫主义、英雄主义和理想主义已久，多少学会用现代人的眼光来看世界、历史、社会与人生了。

"问：你的散文美学追求是什么？答：我对散文的看法更多的来自于我的阅读，我自己努力不写成的那个样子就是我平常所最不喜欢读的，比如做作，浮躁，夸饰，滥抒情，青春气，言之无物，'像煞有介事'，那样一批东西。希望自己写的与此正相反。我迄今写的都是随笔，觉得随笔乃是间离的文体，更重要的是一种态度。我追求平和，淡远，含蓄，意在言外，有苦涩味，或者说是'抒情的阻遏'；喜欢文章写得多少有点'拙'，舒展，疏散，不要太紧太密，更不要什么起承转合；此外文体也要讲究些，但是更喜欢用减法而不是加法，我觉得散文语言的美是准确、朴素和精炼的美。我写作时间很短，产量也不多，到现在为止，这里说的都还仅仅是限于'追求'。"

真说起来大概也只有末了这句是坐实了的，我希望能把文章写好，虽然在与文学打了很多交道以后我已经明白自己主要的兴趣其实并不在于任何一种文学样式（包括散文在内）。我写文章主要还是因为可以帮助我思想——我是个慵懒的人，不如此我就难得花这一番气力；此外对我来说，虽然觉得比较起来思想永远是最自由的，可是也喜欢能想法子表现它，这就要借用某种形式，现在我选定了写文章，而文章如同一切形式，说穿了总是有所限制的。尽可能自由地通过某种不自由把自由传达出来，这样才能真正感到自由；也许所以我才写文章罢。

一九九七年一月二十二日

★《如面谈》，东方出版社一九九七年十月出版。

《如面谈》修订版后记

《如面谈》系十年前旧作，现在有机会重印，只对字句略加订正，删去几篇没多大意思的文章，又补充几篇——都写于《向隅编》之后，续出的《相忘书》只收读书之作，遂留在集外；这回顺便编进"怀人之什及其他"一辑里了。

书中篇章大都写在先父辞世后不久，情感色彩较重，与此前此后所作似皆不同。其余无须说明。《庄子·天道》云："子呼我牛也而谓之牛，呼我马也而谓之马。"大概是对待批评的最好态度。自我观之，则如《淮南子·原道训》所说："蘧伯玉年五十而有四十九年非。"虽然还没活到这岁数，借用一下却也无妨。

二〇〇六年清明后一日

★《如面谈》（修订版），安徽教育出版社二〇〇七年六月出版。

《俯仰集》序

"做文章最容易犯的毛病其一便是作态，犯时文章就坏了。我看有些文章本来并不坏的，他有意思要说，有词句足用，原可好好地写出来，不过这里却有一个难关。文章是个人所写，对手却是多数人，所以这与演说相近，而演说更与做戏相差不远。……文人在书房里写文章，心目却全注在看官身上，结果写出来的尽管应有尽有，却只缺少其所本有耳。"

十来年前开始读周作人的书，从《自己的园地》到《知堂回想录》读了不止一遍，最后归结为《知堂乙酉文编·谈文章》里这样一个意思，我对于文章之事才算真正有所悟得，用禅和子的话形容就是"如桶底子脱"。我们讲到写文章，从语言手法直到主题结构，说的总是不差，但如若像这里指出的作者态度一项不对，那么一切适得其反也未可知。因为"缺少其所本有"，全都成了制造效果的手段了；而作者在写作时本来应该是非对象化的，或者说是间离的，他把文章写出来之后才拿给读者去看。散文这一文体的真正价值在于它的自然状态，所有形式方面的追求仅仅是以其自身达到完美为终极目的。在这个前提下，作者才有可能真实地表述他的思想，抒发他的感情，描摹他的所见所闻。这个话说出来很简单，但却是对散文的一种本质性的认识，我正是由此建立了属于自己的散文美学观念。拿这副眼光去看古今中外的文章，凡是渲染，夸饰，做作，有意要去打动人，感染人，煽动读者情绪或兴致的，一概就没有好的。而周氏所谓"作态"，于遣词造句、标点换行、布局谋篇诸方面，无不可以有所体现。明白文章这样写不好，那么也就知道怎么写才有可能是好的；从这个意义上讲，我写散文受到周氏的影响为最大。我想至少"周作人散文"这个题目，我是读通了的；在这方面下过很多功夫之后，我大约可以说是知道他的文章好处的一人了。

当然天底下好文章并不只此一家，回过头来从先秦、魏晋、晚明、五四一直读到同辈人所作，以及欧美和日本散文的译本，让我喜欢的就有很多。而前述周氏关于散文的看法，早在《论语》中已经能找到依据，即所谓"辞达而已矣"，这可以说是中国文章好的传统，只不过一向不大被人留心就是了。前年应邀编辑中国现代文史方面有文学色彩的论文亦即美文的选本，弄完后不了了之；但是我因此得以把这种文章读了几百万字，获益乃出乎意料之外。关于散文我从小所读多是五六十年代那批抒情之作，大概除了"像煞有介事"也就别无什么内容，我是中过这个毒的，所以一旦明白过来就很讨厌这一路文字。然而后来我读叙事散文和随笔，发现也往往难得自然本色，原因在于作者写这些文章时所取的态度与写抒情散文其实是一样的。倒是那些论文真正是实实在在地说出一己之所得，并不指望读者能时时起点什么反应。这才是我理想中的文章写法，所学直可供我受用一辈子的。其中最看重的是浦江清、孙楷第、顾随等人的作品。在我看来，这些有文学色彩的论文是理所当然地列在散文的范围之内，其地位绝不低于抒情散文等。我并不是要在这里比较文章样式的高下，虽然一般说来内容愈是没有分量就愈容易写得作态；无拘什么样式，关键还在于怎样去写，或者干脆说写时抱有何等的态度。不过我是把实际风行至今的前述那种言之无物和滥抒情的东西看作二十世纪中国散文史上的一次反动，我自己写文章，颇有些自不量力地要对这反动再来反动它一下子。此外顺便说一句，抒情散文里通过情景描写、意象运用和语言修饰制造的所谓诗意，我也不认为有什么了不起的，不过是把文章写得虚张声势而已，说穿了也还是一种作态罢。

　　我是医生出身，文学上的一点所知全是凭着兴趣自学的，所以觉得不好的即使名声显赫或者地位重要也只有敬谢不敏了。相反倒是历来那些非正统和不规矩的文章比较能得我心一些，诸如诗话、词话、语录、笔记、题跋等，在我看来比《古文观止》里韩柳欧苏辈所写更说得上是真正的散文。在这方面，我以读者的身份偶尔当当作者，作态的文章我读来难受，我自己当然也就尽可能不去写这种让人难受的文章，也就是"己所不欲，勿施于人"。这可以说是我对自己写作的头一条要求了。我直到三十岁才开始写文章，迄今为止并没写出多少，我想这与我没有学过文科一样不是值得遗憾的事。文学之外我别有工作，文学之内其实这也算不上是首要的事体，我不指望我的文章哪怕是在内容上能对于读者起到什么作用。这与我自己的思想也有关系，无须在此多谈，我只想说我从来就不打算做一个启蒙主义者，所以前面关于周作人说了很多，简直是有点儿感谢他了，可我和他之间还是有着这样根本的区别。如果一定要在文学史上找一个榜样的话，我倒想举出苦雨斋门下一位弟子，即二十到四十年代的废名是也。废名的成就需要另行专门总结，他的随笔我是经常找出来读的，真个是晶莹剔透，而我更景仰的是他写《桥》和《莫须有先生传》时对待文学的那个纯粹和义无

反顾的态度。最近拟起手编辑《废名文集》，做这件事老实说
比我自己写文章要有意思得多。

一九九七年十二月二十九日

《俯仰集》后记

　　这一本是我的散文自选集。这话说得有点儿别扭，过去出的集子，有关编排遴选事宜从来没敢劳过别人的驾，就是将来再出书大概也照旧如此，所以严格说来，应该叫作"选之又选集"才对。事情值不值当一干姑且不提，真干起来对我来说是个困难。因为要多有材料，如披沙拣金般才能干得好，可是我这人一向文思迟钝，时不时又爱偷点懒，结果可供披拣的沙子拢共没有几粒，打了几次退堂鼓之后，勉勉强强找出若干篇来。想不出别的编法，只好按照写作时间先后顺序排列，结果这下更感到曾经是何其荒废时光了。

　　至于取舍的标准也想在此交代一下，但是先要说几句题外话：散文我稍稍写得集中些只有三四年工夫，此前用"方晴"这笔名写过十多年的诗和小说。为什么要用两个笔名呢，因为我觉得这完全是两个人做的事，也就是说，我写文章只好比平常说话，从来没有是在"创作"的感觉，所以把散文写得像小说或者诗似的我是不会。这首先涉及散文创作的一个老话题，即"诗"与"真"的问题，我想散文这一文体的边界也正在这里，写出来的总该是真有过的，虽然真有过的不一定都要写出来，但是要虚构编造就不如去写别的。这个问题过去没有明确讲过，正好利用这个机会讲一下子。话怎么说就怎么写，那么就有一个说得心平气和、舒服自在与否，以及所说内容自己觉得有没有点儿意思的区别；这就是我现在挑拣自己文章的标准，尽管如前所述是难免于捉襟见肘。我希望将来能有从容的一天，当然那除了要用功之外，还有个怎么用功的问题；得写出一手真正从容的文章才行，也就是说，不虚夸，不浮躁，不做作，不然写得再多也没有用。关于散文我压根儿没弄出什么成绩，可是看法可以说已经确定，归根结底还是要看作者写作时的那个态度，我以此入手来评判天底下文章的好坏，也给自己标举出方向来，"回虽不敏，请事斯语矣"。

书编完了，出版社吩咐还要取个名字，这就更不容易。不如再来偷一次懒罢，看看有没有什么故典可用。好在去年重新自学了一年《庄子》，至今还有些记性，《天运》篇云：

"且子独不见夫桔槔者乎？引之则俯，舍之则仰。彼，人之所引，非引人也，故俯仰而不得罪于人。"

我忽然有点儿中意他说的这个玩意儿了，"引之则俯，舍之则仰"，实在不错，那么就叫《俯仰集》罢。或许这是因为我老爱发议论，就是在本书中也差不多要占去十之八九的篇幅，虽说都是些老生常谈，并没有故作惊人之语，但真要"俯仰而不得罪于人"也不太容易，比如爱抒情的朋友恐怕就不习惯。所以也只好用以自勉，以期不管怎么样都不要太拿自己当回事儿。

一九九八年二月九日

★《俯仰集》，上海文艺出版社一九九八年十一月出版。

《樗下读庄》序

　　清人项鸿祚说："不为无益之事，何以遣有涯之生。"这似乎是有意要对庄子所说"吾生也有涯，而知也无涯。以有涯随无涯，殆已；已而为知者，殆而已矣"唱一点反调，然而在我看来他们说的原本是一回事，不过一个是从生命的终点往回看，觉得所做过的事情都是没有意义的；一个是从生命的起点往前看，如果不做这些事情则一生根本无法度过。在我迄今为止的"有涯之生"里，所干的"无益之事"只是读书；东翻西看了些年以后，我想定我这一辈子至少也要仔仔细细地读一本书。应该是那么样的一本书，它由得我不计光阴地反复体味，而其价值或魅力不在这一过程中有所减损，也就是说，这件"无益之事"真的能够成为我的"有涯之生"的对应物；我选定了的是《庄子》。

　　一九八六年冬天我把自己一个人关在家里，将当时能找到的七八种《庄子》注本一并摊在桌上，原文连带注疏逐字逐句地对照着读，同时置一簿子，记下自己零碎的感想。

这样花了四个月的工夫，算是第一次把《庄子》给读完了，我的笔记也写了约有五万字。虽然当时的体会还很肤浅，但我对庄子哲学的大致看法在这里已见端倪。后来又断断续续地读过《庄子》的另外一些注本，特别留心的是众说纷纭之处，差不多每个细部我都能从前人那里得到启发，但是我自己对于整部《庄子》和自具框架的庄子哲学，则越来越不能完全认同于其中任何一家的说法。这期间在与朋友的通信与交谈里也曾大致说起我自己的一些见解，知己者比如亚非兄就觉得我已经有了个系统的认识，一再鼓励我把它当回事儿地写出来。前年夏天我和 François Morin 说起这事，他用不大在行的汉语说："你该想好，要说的是庄子呢，还是你自己？"这番话也给了我很大启发。于是我从头再做十年前做过的事，利用所能找到的所有注本，以整整一年的业余时间重新读了一遍《庄子》，这回几乎可以说是一句句都读通了，所写的笔记则有三十多万字。然后再用半年的时间整理这些笔记，结果就是现在这本书了。

我也曾想过要写一部关于庄子哲学框架的系统论述，但是最终还是把这想法暂且撂下了，或许若干年后我还会做做那类尝试，但是目前所能拿得出手的就是这个。现在这个样子，用一句时新的话也可以说是一种文本研究。我对于庄子哲学确实有个框架方面的认识，但是这一认识完全是根植于对《庄子》文本的细微体会；反过来说，对于《庄子》文本的体会正反映了我对庄子哲学框架的基本认识。所以迄今为止我关于庄子哲学的话全都说在这里了，我之所谓"关于庄子哲学框架的系统论述"写与不写其实也就不大吃紧。然而如前所述，《庄子》是我一生所要仔仔细细读的书，将来再有什么新的想法冒出来也未可知，所以犯不上预先就把话讲得过于死了。

多少年来读《庄子》所得出的想法可以分为书里书外两类。关于《庄子》书里的想法都写在我的书里，这里不再重复；涉及书外的一些想法倒是可以简略地一说。因为《庄子》这书和庄子这人确实有一些问题，真正要想研究庄子哲学是不能够完全绕过去的。也就是说，关于《庄子》书里的想法是以关于书外的想法为基础。但是这一部分说是"想法"，其实绝大多数都是前人讲过的，只不过前人（以及今人）还讲过一些与此相反的想法，结果就有点儿混淆了，我也只是择善而从罢了。

《庄子》一书不是一人一时所作。很多论家都说过，如同先秦别的子书一样，这也是一派人著作的总集，大约从战国到西汉，陆陆续续地写出来，最终编在一起，叫作《庄子》。

但是这所谓一派人看法并不相同，有庄学的，有庄学的后学的，有庄学的后学的后学的，后学对前人的说法有所发挥，发挥而又发挥，结果就有所矛盾，甚至根本对立起来。所以与其说是"一派人"的著作，不如说是"一脉人"的著作更恰当些。另外还有些完全与此无关的成分，纯系羼杂。如果《庄子》中存在着一个哲学框架的话，那么它对自身最基本的要求应该是统一的，具有一致性的，或者干脆说是能够自圆其说的。但是假如我们基于《庄子》一书的全部内容，根本就不可能建立一个这样的哲学框架；所以只能取其中一部分而舍其中另一部分。关于《庄子》的内篇、外篇和杂篇的分类，历来有很多解释，其实并没有什么特别内在性的依据。只是比较而言，归在内篇里的显得更纯粹一些，所以就有可能以内篇的主要部分以及外篇、杂篇中与其相一致的部分为材料构筑一个我们称之为"庄子哲学"或"庄学"的哲学框架。

但是《庄子》内篇虽然最为重要，它并不应该被看作是一部完整的著作。关于内篇那些怪异而且往往与内容并不相符的篇题，早有很多论家表示怀疑，认为是西汉以后人所拟。而在我看来，与篇题重新被命名过相似，现在内篇的顺序也是后人出于某种目的所做的重新排列；所有这些都是历史上曾经发生过的对庄子哲学的一种改头换面，是想要做成一个与内篇主要部分的真正内容并不一致甚至是方向完全相反的"庄子哲学框架"。我不是说《庄子》原来有个什么顺序，我是说不能限制于现有的这个顺序。至于那些从现有内篇篇题与顺序出发对于庄子哲学所作的说明，我觉得是没有什么价值的。要想根据内篇（并结合外、杂篇的相关部分）构筑一个庄子哲学框架，只能把立足点放在这一部分《庄子》的文章本身，而不能被后人所有那些加之于它的东西所左右。《庄子》内篇本身也有相互抵触之处，说明其中也有羼杂，这也已经某些论家指出过了，这些羼杂的成分同样不能成为构筑庄子哲学框架的有效材料。

从前有人把《庄子》三十三篇分为"条记而首尾一义"、"条记而非一义"和"首尾成篇"三组。我们分别加以考察，发现最后一组从内容看与体现于内篇主要部分和外、杂篇的相关部分的庄子哲学框架最是抵触，最有可能是后学的后学之作或是别家著述的羼入。所以"条记"应该说是庄学以及庄学的后学（在我看来，他们共同构成了完整的庄子哲学框架）的作品的特点，也就是说，除了那些显然与庄学本身无关的篇目外，《庄子》并没有完整的文章，所谓的"篇"只是若干段落的有意义或无意义的集合。从"不成篇"到

"成篇"也正好反映了文章产生年代的早晚。如果不是局限于《庄子》的"篇",而是以篇中的段落作为研究单元,我们对于庄子哲学的研究可能会更深入一些,所得出的结论也就可能更有说服力一些。

我们在这里讲"庄子哲学"或"庄学",严格说来,应该是指体现在《庄子》内篇的主要部分和外、杂篇的相应部分中的作为一个基本思想框架的哲学。根据《荀子·解蔽》、《庄子·天下》等的论述,似乎把它归在庄子的名下是最合适的。但是我们只能由这一套思想去推测拥有这思想的可能是怎样一个人,却不能根据现有的那些资料先来设计好这个人如何,再去看他能有什么思想。《庄子》中关于庄子有很多描述,此外《史记·老子韩非列传》中也有庄子的记载,似乎据此也够做成一篇"庄子生平"的了,但是《庄子》一书"寓言十九",不要说臆造出了那么多的古怪人物,就是讲到老子和孔子时至少也都是虚实参半,怎么会一说到庄子就句句坐实了呢。何况其中关于庄子的描述也有自相矛盾而且与庄学根本立场不合的地方。在我看来,《庄子》里的庄子多半也是个寓言人物,后学和后学的后学各以其意思加以塑造,所以不能达成一致。至于以《庄子》部分内容为蓝本的《史记》本传,同样也仅仅只能引为参考。若全依司马迁所说,则那一位"庄子"大概与我们这里所说的"《庄子》内篇的主要部分和外、杂篇的相应部分"没有多少关系了。

此外还有一个问题，牵涉到庄子哲学有没有一个明摆着的来源，也就是说，它是不是对现存《老子》一书的引申发挥。老子其人与《老子》其书究竟如何，"古史辨"派的学者多有考证，我是接受老子（即《史记》中说的李耳，也就是《庄子》一书中予以寓言化的老聃）与《老子》一书的作者根本就是不同的两个人这一论断的。如果我们把《庄子》看成一脉人即庄学、庄学的后学和后学的后学的著述，那么作为其中被寓言化的原型的老子可能在庄学形成之前，而《老子》的作者则是在庄学形成之后，即在庄学的后学与后学的后学之间。换句话说，《庄子》的大部分内容是完成于《老子》之前。现存《老子》一书的主要倾向与构成庄子哲学框架的《庄子》内篇的主要部分和外、杂篇的相应部分根本就是不一致的。《庄子》中以"故曰"的形式出现的与《老子》相重复的文字，几乎都是后学以后之作。我们更不宜贸然引用《庄子》中未出现的《老子》内容来说明庄子思想的来源。一般说来，我是不大相信"老庄"这句通行的话的。

以上所说的这些，构成了我读《庄子》和体认庄子哲学框架的主要基础。再说一遍，这些差不多都是前人的研究所得，我得以花上十来年的"有涯之生"去干这"无益之事"，是得了历代论家的许多恩惠的。而如果我没有在此之前接触过清代以来辨伪学说（这一学说延续到"古史辨"派而发扬光大）的基本观念（并不单单是关乎《老子》与《庄子》关系这一件事），要想真的读懂《庄子》这本书，恐怕还是连门在哪儿都没找到呢。

此外还有几句闲话也想在这里说说，因为它关系到我读《庄子》所持的另外两个出发点。第一，中国哲学特别是先秦哲学虽然现在说起来一律顶着"哲学"这个名儿，但是它们自有其特点，是与西方哲学的研究对象、所要解决的主要问题和涉及的范畴大相径庭，所以不可能把它完全纳入西方哲学通常呈现出的那种体系之中，也不可能按照通常对西方哲学进行定性的方法对它予以定性。在我看来，不光庄子，先秦无论哪位哲学家也不曾考虑过诸如本原之类的问题，他们无一不是把这世界当成一个已经存在的现实接受下来，在此基础之上开始他们的思考的。第二，先秦哲学大多是讲如何统治或如何参与统治的，庄子哲学有所不同，它是关于个人的哲学。但是不管怎样，这些都是当时存在着的自成框架的思想，我们对某一哲学加以研究，首先应该考虑到它作为一种哲学框架的完整性和不可分割性。所以我是不大习惯做那种简单化的、实用主义的取舍与价值判断的。其实在这种取舍与价值判断面前，作为研究对象的那个哲学框架已经被拆碎了，于是也就谈不上是什么研究。我们所要谈论的是曾经存在着的庄子哲学，而不是依照我们现在的需要来假设出某一种可能性。我这一向想做的事情也就是我在别处多次引用过的孔子的"述而不作"那句话，如此而已。

这本书原本打算叫作《说道》，出版社方面希望我改一下，于是取名为《樗下读庄》。这当然与《逍遥游》篇末庄子好生赞美过那臭椿一番有关，不过赶巧我家南房后面就有这么一棵树，所以也可以煞风景地说我这乃是完全写实的，并没有什么比附之意。从前我出版过一本《樗下随笔》，原本它已经当过一回书名了，这回又来利用，似乎是有些黔驴技穷，又好像是要存心霸占似的，这真是不大好意思；不过可以说明一下，那树前年下了一夏天的豪雨之后其实已经死了，现在从我的窗户望去，只剩下一点儿秃干枯枝，恐怕就是想要再用也是没有法子的了。

一九九八年五月二日

★《樗下读庄》，东方出版社一九九九年一月出版。

《樗下读庄》重印后记

　　《樗下读庄》写于十年前。这回重印，正文只订正个别错字，序言则略作更动。原以"体系"形容庄子哲学，有欠确当，换作"框架"似较合宜。关于《庄子》与《老子》之关系，所言亦嫌简单，然在《老子演义》中有所论说，这里不改写了。

　　"樗下读庄"于我本系写实；唯该书面世时已迁居城外，故宅今更拆除无存。《庄子·则阳》曰："旧国旧都，望之畅然；虽使丘陵草木之缗，入之者十九，犹之畅然。况见见闻闻者也，以十仞之台县众闲者也。"转以此副眼光视旧著，其意略近云。

二〇〇七年六月一日

　　★《樗下读庄》，东方出版社二〇〇七年八月重印。

《樗下读庄》新版序

我读《庄子》是自娱自乐，写《樗下读庄》是自说自话。自娱自乐可以贯穿一生，如今我有空还是经常翻出《庄子》来读；自说自话到一定时候好像就以打住为宜。所以一九九九年《樗下读庄》出版后，关于《庄子》我只写过两篇小文而已。一是《庄子与〈庄子〉》，收入《六丑笔记》；一是《我读〈庄子〉与〈论语〉》，收入《云集》。二〇〇七年《樗下读庄》重印，我写了一段话印在书的封底：

"若从《庄子》中挑出一句话以概括全书，就是'吾丧我'。'吾丧我'即'逍遥游'，果能这样，是为'得道'。《庄子》的'道'指事物自然状态，乃本来如此：'天不得不高，地不得不广，日月不得不行，万物不得不昌，此其道与。'对人来说，是超越了固有价值体系之后所获得的自由意识。拒绝固有价值体系，也就是不在这一体系之内做判断，无论是'是'还是'非'。《庄子》形容为'自适其适'。从根本上讲，庄学是'心学'，一切都发生在头脑之中。"

现在我对《庄子》的看法，概括起来还是这样。只有一点补充：我一直以"吾丧我"概括《庄子》，但重又一想，这毕竟只是过程而已，虽然《庄子》主要讲的就是这个过程；但若论终极之处，还得说到"自适其适"，尽管没有"吾丧我"就没有"自适其适"，"吾丧我"正为了"自适其适"，苟能"吾丧我"也就"自适其适"了。不过我在书中稍嫌对"自适其适"强调不够，这里尚须再说几句。

"自适其适"凡两见于《庄子》，一在《大宗师》：

"若狐不偕、务光、伯夷、叔齐、箕子、胥馀、纪他、申徒狄，是役人之役，适人之适，而不自适其适者也。"

然则治庄者如闻一多，对此段话所属一节文字（"故圣人之用兵也……而不自适其适者也"）颇有质疑，其所著《庄子内篇校释》有云：

"……务光事与许由同科，许由者《逍遥游篇》既拟之于圣人矣，此于务光乃反讥之为'役人之役，适人之适，而不自适其适者'。可疑者二也。朱亦芹以《尸子·秦策》证胥馀即接舆，其说殆不可易。本书内篇凡三引接舆之言（《逍遥游》、《人间世》、《应帝王》），是庄子意中，其人亦古贤士之达于至道者，乃此亦目为徇名失己之徒。可疑者三也。'利泽施乎万世'，又见《天运》，'适人之适而不自适其适者也'，又见《骈拇》，并在外篇中。以彼例此，则此一百一字盖亦庄子后学之言，退之外篇可耳。"

在我看来，不应简单地以属于内篇或属于外篇、杂篇来区别庄学与庄子后学。"自适其适"又见于《骈拇》：

"夫不自见而见彼，不自得而得彼者，是得人之得而不自得其得者也，适人之适而不自适其适者也。夫适人之适而不自适其适，虽盗跖与伯夷，是同为淫僻也。"

即使《骈拇》是庄子后学之作，单看其将"自适其适"与"适人之适"相对立这一点，我也以为颇得庄学要谛。"适人之适"即遵从固有价值体系，"自适其适"即从中摆脱出来；"吾丧我"所丧的是"适人之适"，所存的是"自适其适"。

不过仍有两层意思需要申明：第一，"吾丧我"不是一种行为，而是一种心理活动，"自适其适"同样如此，或者说，行为意义上的"自适其适"只是不做什么，而不是要做什么；第二，"自适其适"是针对"适人之适"而言，更侧重于否定一面，若是肯定则还不能死死抱住一个"适"字不放，此即如《达生》所云：

"忘足，屦之适也；忘要，带之适也；知忘是非，心之适也；不内变，不外从，事会之适也。始乎适而未尝不适者，忘适之适也。"

也就是说，"自适其适"最终要落实于"忘适之适"。回头看我在书中的解释也还不差，抄录于此，且为这篇新序作结：

"王先谦《庄子集解》：'本性适而无往不适者，是自适其适，不因物而后适，乃并其适而亦忘之也。'话说到'适'还不到极致，真要是'适'就不再有'适'的意识；'忘适之适'才是'无待'，才是得道。"

二〇一五年六月十六日

★《檐下读庄》，山东画报出版社二〇一六年一月出版。

《六丑笔记》序

　　我所爱做的事情之一是给自己的书起名字。这回又要编本小册子了，我先想到"笔记"，因为写的都算不上正经文章；至于前面的定语，则打算从词牌中选一个。为什么要这样呢，其实也没有什么道理，只是偶然想到罢了。我挑中的是"六丑"。一来中意这个字面，二来觉得意思很好，三来周邦彦创调的那首词也精彩。且让我一一道来。

　　说是"一一道来"，但是第一点实在说不大清楚，中意就是中意，如此而已。那么就跳过去说第二点，这里有个典故，见周密《浩然斋雅谈》：

　　"既而朝廷赐酺，师师又歌《大酺》、《六丑》二解。上顾教坊使袁綯问，綯曰：'此起居舍人新知潞州周邦彦作也。'问'六丑'之义，莫能对。急召邦彦问之，对曰：'此犯六调，皆声之美者，然绝难歌。昔高阳氏有子六人，才而丑，故以比之。'"

　　我是不懂声调的，但是如他所讲，似乎该说是番"美的历险"了，这就让人好生歆羡。宋词之中，我一向喜欢清真、白石、梅溪、梦窗、草窗、碧山和玉田这七家，倒不是附和过去所谓词以婉约为正的说法，我是觉得他们都不乏这种"美的历险"的精神，而且创获极大。近读叶嘉莹记录的《驼庵诗话》，有云："白石等总是不肯以真面目向人，不肯把心坦白赤裸给人看，总是绕弯子，遮眼，其实毫无此种必要。"我很惋惜顾随也这么说话，因为真的是有此种必要也。美的表现，表现的美，不都是美么，或许后者更美亦未可知。诗词如此，文章亦然。尝有朋友批评这么专心于写法字句，恐怕就不是原生态了。讲这话时是春天，正好早上我出门看见一棵树，枝叶都是新绿的，忽然想到这总该说是原生态了罢，但是有什么是马马虎虎长着的呢，简直无一不是精心，无一不是完美。我们常说"粗枝大叶"，乃是为自然所骗了，抑或在为自己的粗疏浮躁找借口。这里清真说的是美，但却以"六丑"形容，我想大才如彼，也明白真正的美之不可企及，我们只是认定此一方向，并且为此尽心竭力而已。至于拿来打比方的那群兄弟，六个才子凑在一起倒无所谓，六个丑人就难得相聚，一准很有意思。我自己其实与"才"与"丑"都不搭界，只落得个平庸之辈；然而如清真这种向往，以及这种冒险，却是我毕生所景慕，也愿意试一试的。

最后一点是关于周氏那首词，题目叫《蔷薇谢后作》：

"正单衣试酒，怅客里光阴虚掷。愿春暂留，春归如过翼，一去无迹。为问家何在，夜来风雨，葬楚宫倾国。钗钿堕处遗香泽。乱点桃蹊，轻翻柳陌，多情为谁追惜；但蜂媒蝶使，时叩窗隔。　东园岑寂，渐朦胧暗碧。静绕珍丛底，成叹息。长条故惹行客，似牵衣待话，别情无极。残英小，强簪巾帻。终不似一朵钗头颤袅，向人欹侧。漂流处莫趁潮汐，恐断红尚有相思字，何由见得。"

陈廷焯《白雨斋词话》说："'为问家何在'，上文有'怅客里光阴虚掷'之句，此处点醒题旨，既突兀，又绵密，妙只五字束住。下文反复缠绵，更不纠缠一笔，却满纸是羁愁抑郁，且有许多不敢说处，言中有物，吞吐尽致。"俞陛云《唐五代两宋词选释》说："'翼'、'迹'二韵力破余地，词家赋送春者，无此健笔。"这首词里始终有两个成分，相互颉颃又相互呼应，都写到极致地步，一是"反复缠绵"，一是"力破余地"，一是有情，一是无情，恰恰被他们两位分别注意到了。也可以说这是自我和造物两个视点，而后者做了前者的前提。我读《六丑》，很奇异地感到在思想上颇有共鸣。词人知道美之为美，也知道美之不再；在一个无情的背景下，他深情地留恋着值得留恋的东西，却并无虚妄的幻想。

这是回顾往事，掉过头来看未来，当然也是一样。说来平日和朋友谈及思想，时而是人道主义，时而是反理想主义，好像多有矛盾，其实看人生是一副眼光，看世界又是一副眼光，然而最终二者是不可分离的。就像加缪所说："我对人从不悲观，我悲观的是他的命运。"他这句话要合起来讲才不显得张扬。无论如何人是要坚持活下去的。由九百年前的一首词扯到这儿，真难免牵强附会之讥了；但我因此一并道出对文学艺术和对人生世界的认识，实在也是难得，到底还是有些机缘的罢。

一九九九年六月二十二日

《六丑笔记》后记

　　十年来我对文章之事稍稍有所用心，偶尔亦加以论议，《樗下随笔》收入七篇，《如面谈》收入十八篇，这一册只是近两年中所写，此类文章却有二十二三篇之谱了。虽然多很零碎，串联起来也有一贯之处，可以说我关于文章的想法大致已定，剩下的问题只是自己眼高手低，若拿拙作去对照这些想法则要大打折扣，不过这是天分所限，没有法子的事儿。话说天下文章，其实可以分为求巧和求拙两路，如果写得好，则各有各的好处。但是时下所谓"大散文"不在此列，我觉得他们那个"大"无非是"大而无当"的"大"，实际上言之无物，反而倒是小了，以文章论也是无甚可取的。或者说巧可求而拙不可求，我倒不是这样看法，写文章就已经是求了，所以只有求得好坏的区别，若"大散文"即是求坏了的例子。求巧求拙，换个说法，也就是用加法或用减法。我是不会用加法的，因为无论想象还是表现的功夫均有所不逮，所以只好改用减法。求拙对我来说亦即是藏拙也。

　　说来我一直有心要写篇"拙论"，因为常常惦记着这码事儿，虽然我所能说的并非经验，只是理想，正好比纸上谈兵。这首先体现在字句方面。记得尝写信给朋友说，字与词的挑选，不妨先从最普通最一般的开始，如果实在不能表达，再向特别的那些扩展。其实类似的意见废名早就说过："高明的作者，遣词造句，总喜欢拣现成的用，而意思则多是自己的，新的……"此外大可相信读者的想象力足以赋予一个词以更丰富的内涵，所以形容词之类也是少用为佳。定语在描述主语或宾语的同时又是意义上的一种限定。至于句式也是如此，老老实实写出来则近乎拙，相反像是写诗似的那种句子该说是求巧了。

　　讲到结构，向来中国文章有"起承转合"之说，我们差不多打上小学起就受这种教育，然而古往今来的好文章，却又无一不是破了起承转合的章法。所以这不是巧拙的区别，若是求巧就更得如此了，但那是另外破法，这里只谈求拙。"起"是不可避免的，入话便是起，只是无须刻意；由入话接着说下去就是"承"，也不可避免，但是也无须刻意；一篇文章总不能老说一个意思，所以"转"也不可避免，但是也无须刻意；总之都是自然而然，随随便便，不要专门安排。说了半天只有一个"合"字最要不得，一扣题一收束就落了窠臼，文章的活泛劲儿也就完了。契诃夫说："开始写作的人往往应该这么办：把稿子对折，撕掉前面的一半。"依我看再把剩下的部分对折，撕掉后面的一半，说不定更好一点儿呢。

还有一个闲笔的问题，最难谈了，因为闲笔压根儿不是专门安排的。闲笔既不是废话，也不是观点。假若没有闲笔，写出来的便不是随笔了；反过来，如果没有观点，闲笔就都成为废话。观点不能赤裸裸地存在，必须存在于状态之中，闲笔就是这种状态。闲笔是心境的产物，是诉诸感觉的东西，是一种氛围。打个比方，观点是盐，须得溶在水里，随笔乃是杯有咸味的水，能够感到味道，但是看不见盐。文章我不喜欢着急的，也不喜欢渲染的，总觉得着急渲染都另有其难言之隐，是要掩饰什么欠缺；而无论怎么渲染也算不上是闲笔。

因为事先拟了"后记"的题目，我也喜欢这种不是题目的题目，正可以随便乱说，所以明知道自己根本不能真正做到，还是趁机把多年来有关文章的向往说在这里。附带声明一句，所有向往都限于一己，丝毫没有推之于人的企图。郑板桥有言："未画以前，不立一格；既画以后，不留一格。"

（《乱兰乱竹乱石与汪希林》）实为文学艺术创造的最高境界。破窠臼就是破窠臼，若由此而立什么，所立者只有破这么一个意思而已，否则岂不成了新的窠臼了。

一九九九年六月二十四日

★《六丑笔记》，东方出版社二〇〇〇年一月出版。

《六丑笔记》修订版序

"日光之下并无新事"，这为我们写东西添了一点麻烦。曾经有位关心我写作的朋友，建议我承担一点为读者拓宽视界的任务，我谢未能。其实不光是我，我们谁也做不到报告新的事实；无论你说什么，一定会在某一范围之内为他人所知。前几天我参加一个活动，有听众问及写作之道，另一嘉宾建议多读书，我插话说，读书可能鼓励你写，也可能促使你不写，因为你由此知道人家已经写过了，而且写得比你将写的要好。说到底我们只好讲讲旧闻，然而我们未必不能说出些许新意。如果真有这个把握，那就不妨一写；如果没有，则还是藏拙为幸。譬如窗外有一株树，张三也写，李四也写，写来写去都还是这一株树，结果张三与李四的文章居然不同，不同者不在这株树，乃是人人的感受不同。这样说话似乎很没意思，殊伤真心爱好文学者的雅兴，但文章至少有一部分道理是在这里。关键是不要说现成的话。在我看来，一篇文章只要有一个意思——落到实处可能只是一句话而已——别人从来没写过，就可以写。

以上说的是写文章的两种路数，以事实胜出做不到，尚可以感受胜出，不过还有一个问题，就是在读者一方，后一层的确不及前一层容易把握切实。因为事实都是硬碰硬，一眼就能看出来；感受则必须引起同感，才能得到承认。所谓"人人心中皆有，人人笔下皆无"，好像是句奉承话儿，其实乃是大家暗暗定下的评判标准。我知道这个境界很高，只是担心它有被滥用的可能。感受首先是一己的，若有同感那是沾了光，或者干脆说是缘分，但是我们应该承认没有取得同感的感受也是感受，无论推之于全体，或者推之于个人，皆是如此。或许此人没有同感，彼人却有；或许这一部分人没有，那一部分却有；或许现在没有，将来却有，不管什么情况，都不是抹杀某一独特感受的理由。而感受的价值首先就在于它的独特性。相比之下，我更怕的是在相反的一方面，即滥调是也。滥调一出，则文章彻底完蛋矣。有句话平常讲得顺嘴了，近来我却忽然有点儿怀疑，即"某某说出了我的心里话"。我的心里话为什么自己不说出来，却指着别人去说；反过来，我既不想也未必说得出别人的心里话。这样想法其实并非创见，曾见钱玄同有番话说："我近来觉得'各人自扫门前雪'主义，中国人要是人人能实行它，便已泽及社会无穷矣。譬如一条街上有十家人家，家家自己扫了他的门前雪，则此一条街便已无雪矣。"我是有所领悟。或许要批评这些都未免过于理想主义，钱氏讲的社会事情，咱们不大懂得；若论文学，那么还是该强调点儿理想主义，因为文学原本不是必需，实在干不干两可的。而就这个话题而言，理想主义就是宽容。

讲到文章具体写法，还有求拙与求巧之别。我老早为自己定下求拙的方向，但讲别人文章的好处往往又在巧的一方面，似乎是自相矛盾，其实不然。文章之好说来只有一个，就是到位，无论意思还是文字都该如此，而求拙抑或求巧在所不论。我喜欢的一句话是"述而不作"，好像只能用来说拙，其实也能用来说巧。另外这对写作者总有点儿不搭调似的，因为"写"本身就是"作"。但是我们不妨把写作者视为两种角色的综合体，他既是创造者，又是表述者，"述而不作"仅仅是针对后者而言，他应该"述"他的"作"，而不是"作"他的"作"；如果真的有所创造，那么在表述过程中就无须添加，否则就成了做作，反而有所丧失了。话说回来，有那个巧的意思，正不妨有巧的表达，这要具有两样本事，一是发挥，一是克制，缺乏任何一样都只能是弄巧成拙。当然这里所说仍有理想主义之嫌，而我们往往不是自以为是，就是眼高手低。那么勉强说一句"虽不能至，心向往之"，至少这个方向总是不错的。

二〇一三年四月二十二日

《六丑笔记》修订版后记

　　编《周作人致松枝茂夫手札》时，见一九四〇年二月二十二日一通有"鄙人自知能力所限，所写文章缺点甚多，编集时亦未十分斟酌，往往一集之中有若干篇后来读之常自惭愧，欲删削之而不可得"数语。大家尚且如此，何况我辈乎。是以常想过去出的集子若能重印就好了，首先不是为了传布，而是为了其中一部分不再传布。现在《六丑笔记》又得着机会，遂删去整整十篇，觉得稍稍心安一点。说老实话，那些文章写得并不算很坏，其中有的意思也不错，但都是涉及中国当代文学的，我对此实在不大摸门，要发议论还得下功夫补课，恐怕此生已无这份时间与精力，只好循重印《如面谈》、《沽酌集》的前例，一概都不要了。

　　《六丑笔记》所收各篇最初发表时，谷林先生常常赐函加以评议，例如："《读〈钱锺书散文〉》这样的标题，在报刊上，显得大方醒目，但收编成集，恐当斟酌，不然在目录页上就会有点像一排仪仗队模样了。编辑硬添上去的专栏名称

'新书评价'，也不惬人意，不过这些皆属末节，不会妨碍读者欣赏止庵的独特风格。"（一九九八年二月十九日）然我实在拙于给文章起题目，所以编集出版时并未另改，有点对不住他老人家。如今再次记起这桩往事，却仍想不出恰切的篇名。不觉谷林先生去世已经五年多，类似这样中肯的意见很难再听到了。

二〇一四年五月三十日

★《六丑笔记》（修订版），百花文艺出版社二〇一六年一月出版。

《画廊故事》小引

这些年多少也看了些画和关于画的书，零零碎碎有些心得，去冬今春闲着没事儿，就都写在这里。本来有个名字叫作"只眼看画记"，觉得不很舒服，于是废止不用，但是当初那个意思倒是可以在这儿一说的。"只眼"并不是自誉"独具只眼"，虽然我平生最羡慕的就是这个；它本不在平常两只眼睛之外，而只是两只眼睛当中的一只。也不是说我只用一只眼睛去看，那太别扭了，我虽然近视，倒是两只眼睛都能用的。我是说我根本就不懂画，尤其不懂技法，用两只眼睛看顶多相当于别的多少懂一点儿的人的一只，"只眼"就是这个意思。是句老老实实的话。不过据说塞尚也用过这个典故，他在评论莫奈时说："他仅仅是用一只眼睛，但那是多么有力的一只眼睛啊。"相对于塞尚用两只眼睛，莫奈的确只用了一只，这是他的局限所在；但我是两只当一只用的，可没什么"有力"，不好随便类比。

或者说既然不懂，看了也不大顶事，干吗还要不知深浅地谈呢，其中一准儿有好多谬误。谬误自然很多，但是毕竟这里还有一个区别，就是我虽然不懂画，却也没有装得像是懂画的人那样去谈；别人若想看看，那就看看，但请不要当成是懂画的人的话去看。外行人把外行话当作内行话去说，内行人和外行人把外行话当作内行话去听，都未免可笑。现在只是拣定这个话题，随便聊聊天罢了。"姑妄言之姑听之，豆棚瓜架雨如丝。"豆棚瓜架之下，其实无所不谈，也未必都是行家，然而言者无忌，听者亦复听来好玩，如此而已。

不过话说回来，无论什么话题，反正最终表现的都只能是说话者自己。记得有一次与朋友聊天，我说，我们解说庄子也好，杜甫也好，庄子杜甫何尝需要千年之后有人予以解说，他们文章一篇篇在那儿摆着，已经都完成了，我们既不能增之一句，亦复不能减之一句。只有明白这个道理之后我们才能说点什么。平时常听人客气地讲："献丑，献丑。"当然不是这里被说到的马奈、莫奈诸位有什么"丑"要献，而是我献自家的丑了。

"只眼"又仿佛是"窄门"那么一个意思。我限定一些题目，就像从门缝里去看，希望能看见点什么。当然也可能因此就更加片面。俗话说"挂一漏万"，现在"漏万"自是难免，希望能够"挂一"。然而话说回来，即使幸而"挂"上了

"一"，也不是我之所见，而是我之所感。此稿曾呈扬之水看过一部分，来信说感受若有点儿描述做底子就好了。我知道这意见很对，但是实行起来则太难。《庄子》说："天地有大美而不言。""天地""不言"；我们则除"大美"二字亦无他"言"，然而"大美"是感受而不是描述。所以未免要叫友人失望。连带我上面所说也就有点儿名不副实，似乎"看"用的是"心"而不是"眼"，"心"又谈不上"只"与否，它只得一个，赶上愚钝如我者就整个儿是愚钝，但是也只好如此了。此外不大稳妥的地方当然是所分的几个题目，好像总有坐实之嫌。其实我知道在涉及的那段美术史上，一切都不能当真，换句话说，所有的题目最终可能乃是一回事。

书的名字陆续想了不少，又都一一放弃，最后叫作"画廊故事"，盖狗熊掰棒子总得留下一个也，虽然并不一定最好。还要声明一句，"故事"就是"过去的东西"，就是"史"，这方面我知道的不比任何人多，所以压根儿没有什么特别要报告的。这可以说是个没有什么特别意义的书名，就像我别的书名一样。空话讲了许多，结果只是戋戋一小册子而已。谈论的范围限于我多少了解一些的，看过其原作，或是手边有印得比较好的画册；这当中又只谈我感兴趣和有些想法的，所以美术史上许多很有名也很重要的画家和作品就都没有谈到。所有这些，原本不是我意欲自立什么标准，或者出于疏忽，或者故意遗漏。我没有什么话要说的，或是说了会跟人家说过的完全一样的，就不说了。兴许以后有机会再说，谁知道呢。

顺便说一句，我写这本小书还有一个兴趣是在文章本身。倒不是说文章就有多么好，其实这里几乎没有一篇正经够得上是文章的，顶多只能算是语录之类而已。几年来我一直在想，怎么能破除"起承转合"，把文章写得不像一篇文章呢。当然现在也只是试它一试。另外我过去出的《樗下随笔》与《如面谈》，若论文字在"瘦""肥"之间稍见区别，及至《樗下读庄》可以说是清癯得到家了，现在这个东西又多少往相反的一方面略有发展，这好像也是有点儿意思的。

一九九九年四月十八日

《画廊故事》后记

　　我见过莫奈晚年的一张照片，画家站在他的大幅画作《睡莲》（一九一四至一九二六年）前面，手里举着调色板，似乎满眼都是迷惘。老画家这时已经功成名就，但是约翰·雷华德《印象画派史》说：

　　"正像安格尔一样，他死的时候，是他所体现的思想早已过时的时候。莫奈是印象派画家中第一个成功的人，是亲眼看到印象派真正胜利的唯一的印象派画家，他活着亲身感受他的孤立，当他看到许多年才实现的幻想被年轻一代十分激烈地加以攻击的时候，他一定会感到一些痛苦的。"

　　其实印象派中也并非莫奈一人落入此种境遇，迈克尔·列维《西方艺术史》说：

　　"德加、莫奈以及雷诺阿却都是特别地长寿——一直活到马蒂斯和毕加索创作旺盛时期。至少从历史上讲，他们都从杜尚那'暗号性的'作品《泉》中看到了一种清醒重大的想法。"

我们曾经慨叹于另外一些印象派画家如莫里索、西斯莱，特别是弗里德里克·巴齐耶死得太早，来不及享受自己事业的最终成功；当然与此类似的情况还有更为大家熟识的凡高和高更，他们身后的巨大荣誉与他们本人的不幸经历形成了鲜明对照。但是对莫奈以及稍早于他辞世的德加和雷诺阿来说，"特别地长寿"似乎成为一种缺憾。这个事实近乎残酷：现代绘画确实变化快得让人难以接受，甚至画家们都来不及退场就看见自己当初的创新已经变成落后了。这是一部创始者与终结者聚集一堂的有点儿怪诞的历史。我们可以在莫奈和雷诺阿最后阶段的绘画里发现他们对风格的特别强调和发挥，似乎也是有意与所处时代相抗衡，这无疑构成他们一生成就的一部分，但是对那一时期的艺术史来说则未必有多大意义，他们毕竟已经过时了。

在我们涉及的这一段历史里，此后还有不少类似这样的画家。一方面，不管以名计抑或以利计他们都是成功者；另一方面，还有漫长的余生不知该怎么度过。与前辈们比起来，他们不过是成功得相对顺利一些罢了。似乎现代艺术史上大部分的困厄都让印象派和后印象派画家代为领受了。较之后来的那些破坏者如毕加索、杜尚等，无论如何他们当中的大多数都是些"好人"，甚至想要带着自己的特色加入传统，就连其中最"坏"的塞尚也还一直渴望能被官方沙龙所接受呢。传统对待他们实在过于严酷了。而传统也在与他们的长期对峙中耗光了元气，以后遇见真的充满恶意的对手反而不堪一击。印象派画家所关心的"光"与"色"现在看来似乎只是一点改变，但是改变一点也就意味将要连带着改变一切。看着莫奈那张不能让人感到愉快的照片，我疑心他或许在想：凭什么你们就这么容易呢。我的朋友 Morin 谈到印象派和后印象派苦苦挨过的十九世纪后半叶时说："我恨死了那个时代。"这正好与斯蒂芬·茨威格在《昨日的世界》中对那一时期的追慕和怀想成为对比，但是我们实在难以接受当初凡高绝望自尽、高更抑郁而终这类事实。《现代绘画辞典》关于高更说过一段话，似乎也与茨威格的意见相左：

"事实上，他的一生难道不就是一种长期的折磨吗？他的妻子、同事、朋友、画商、殖民官员和整个社会似乎在合谋，以造成他的失败，以杀害这个具有画家缺点的人。他并非甘心地被不怀好意的同代人视为一个饿肚子的流浪汉，一个无耻的逃兵，而他败坏的历史恰恰又是他艺术的成功之路。"

但是在我们所知道的范围，现代艺术史毕竟还是让包括高更在内的一批最有才华的画家得以充分展现才华的时期。代价是一回事，成果是另一回事。的确相对于很多画家活得太长，另外一些画家活得太短，不过我感到这个长短似乎仅仅涉及他们亲眼看到自己的成功与否，而对他们艺术上的成就并没有构成寻常想象的那种障碍。凡高和莫迪里阿尼就人生而言都是不幸的，就艺术而言却很难指出他们在什么地方尚且有待于完善的。修拉只活到三十一岁，在这个年龄马蒂斯几乎全无业绩，然而马蒂斯以后有足够的时间慢慢儿地成就自己，修拉则已经把一生所要做的都做完了，实在无法想象他还能画出比《大碗岛》更加完美的作品。最终修拉和马蒂斯作为艺术家都达到尽善尽美的程度。

现代艺术史像一块从悬崖滚落的巨石，速度越来越快；而印象派和后印象派是把巨石推上悬崖的人。大概正因为历史不在某处过久停留，绝大多数画家都足以完成他们具体的贡献。问题倒是在另一方面，即前述莫奈等人所面临的那种困境。这个似乎只有毕加索多少能够避免。虽然评论家对他的后期成就亦有微辞，但是不能不承认他有太大的创造力使得他不断变化风格，形成自己若干不同时期，从而始终努力走在时代的前列。我并不特别喜欢毕加索，但是非常钦佩他，在现代艺术史上，若论创造力他到底还是占据第一位的。当然更具启发性的是杜尚，罗伯特·马塞韦尔在《杜尚访谈录》的序中说得好：

"当毕加索被问到什么是艺术的时候，他立刻想到的是：'什么不是艺术？'毕加索作为一个画家，要的是界线。而杜尚作为一个'反艺术家'恰恰不要界线。从他们各自的立场来看，彼此都不妨认为对方是儿戏。采取他们两人的任何一个立场，就成了一九一四年也就是第一次世界大战以来艺术史的重要内容。"

他谈到"立场"，毕加索的立场与印象派乃至更早的画家们并无二致，这本身就意味着一种历史的困境，而他只不过是在此立场上试图解决他们所未能解决的问题而已；杜尚才是提供一个新的立场因而真正解决了这一问题的人。然而杜尚是唯一的，也就是说他绝对不可能被仿效，所以并不一了百了地替同时以及此后的画家们解决他们所面对的问题。还是那句话，杜尚最大的意义在于他的启发性。

皮埃尔·卡巴内在采访杜尚时提到"不守法的使者"，我想对一个真正的现代艺术家来说，这是最有概括性的话了。在那本谈话录中，杜尚说：

"一九一二年有一件意外的事，给了我一个所谓的'契机'。当我把《下楼的裸女》送到独立沙龙去的时候，他们在开幕前退给了我。这样一个当时最为先进的团体，某些人会有一种近似害怕的疑虑！像格雷兹，从任何方面看都是极有才智的人，却发现这张裸体画不在他们所划定的范围内。那时立体主义不过才流行了两三年，他们已经有了清楚明确的界线了，已经可以预计该做什么了，这是一种多么天真的愚蠢。这件事使我冷静了。"

他道出了自己毕生追求的真谛，也让我们明白他对整个现代艺术的最大贡献究竟是在哪里。对杜尚来说，根本不存在任何既定模式，真正有生命的艺术永远是不合规范的，否则它就死了。杜尚画《大玻璃》至少有一个意义就是像他指出的："它是对所有美学的'否定'。"同样从这一立场——实际上他是超越了所有立场——出发，他为被评论家和超现实主义者斥责为"作品和画家本人良知突然黯淡无光"了的德·契里柯辩护。杜尚说：

"他的崇拜者无法追随他，于是便断言德·契里柯的第二种样式丧失了第一种样式的生命力。不过，我们的后代也许会发言的。"

我们尽可以不喜欢德·契里柯后来的画作，但是问题不在这里，而在于布勒东等人死死认定他必须要画什么和必须不画什么，这就意味着超现实主义也有一种既定模式存在。其实画家改变风格之举本身无可非议，他可以不受约束地放弃任何东西，就像杜尚本人放弃绘画一样。现代艺术史上根本不存在任何契约关系。据说达利生前曾在约三十五万张空白画纸上签了自己的名字，专门留待后人造假，也当被理解为是对"界线"表示蔑视。我甚至认为德·契里柯的一意孤行未必不是对布勒东等人指责的反应。"德·契里柯除了不承认他的早期'形而上'风格与自己有任何关系并制造复制品外，他还宣布一九一八年以前的形而上绘画原作本身都是一些'赝品'。令人吃惊的是，那些超现实主义者竟然不欣赏这些出自被他们拥立为第一位超现实主义者之口的后达达形式语言。"（吉姆·莱文：《超越现代主义》）预先规定"不许如何"，似乎与超现实主义崇尚无限自由的主旨最相违背。以后布勒东也是基于同一思路开除达利等人的，这实际上还是以旧的精神去从事新的创造，在我的印象中，布勒东很像是古代的一位纯洁的骑士。而杜尚让我们意识到，其实对待艺术的态度本身就是艺术。

现代艺术史与以往的艺术史有所不同，它实际上不仅仅是艺术的历史，而且也是与艺术相关的一切，特别是制造艺术的那个人的经历的历史。现代大众传播媒介使得非纯艺术因素越来越处于重要的位置。我举一个例子。去年夏天罗马现代博物馆曾经失窃，此间电视台报道说，丢失了凡高等人的作品。我查看报纸发现，这个"等人"乃是塞尚。原来塞尚已经被归到"凡高等人"里去了。然而这也是情有可原的。在一般受众心目中，凡高无论是魅力还是名声都已经比塞尚要高得多；至于艺术史上的地位，那是另外一回事了。我也常常想古往今来画家多了，何以单单凡高这么出名呢。当然他的画画得好，这是毋庸置疑的，但是画得好的画家，甚至比凡高画得还好的画家也不乏其人，所以这并不是唯一的理由。大概除了绘画成就很大之外，凡高的影响还得力于另外两方面，即经历非凡和在情感上能被大多数人认同。特里温·科普勒斯顿《西方现代艺术》说：

"一般对绘画知之不多的人们，都知道并能回想起他的绘画来，在某种程度上，他的声望跟他常常痛苦地表现波希米亚题材有关。至于他本人和他那特别不寻常的生活，则如传奇一般。这样，撇开他的艺术不谈，仅仅就其生活而言，就足以称得上是奇妙而又迷人了。遗憾的是，他的生活像个谜，人们在这方面了解甚少，从而使对其艺术的了解和研究也变得困难起来。

"虽然这种情况并非例外，但仍需我们持一种审慎的态度。因为，无论他的生活如何令人费解，终究不能等同于他的艺术。换句话说，完全不了解他的生活，并不等于就不了解他的绘画。危险在于，我们在寻找他的艺术特征时，这特征往往产生于我们对其生活的了解，虽然可能确实存在着这些特征，但也有可能是我们强加于其作品之上的。"

问题在于时至今日，我们已经无法从对凡高的总的印象里抽掉对他生活的印象而单单留下对他艺术的印象，已经无法忘记他那诸如割下自己耳朵以及最后绝望地自杀这类经历了。虽然这对于凡高来说未必就是公正的，因为他的生活经历之于他本人可以说是几无任何快乐可言。但是在这里行为已经成为艺术，而轶事显然比学者们的评价要更有分量。

和凡高比起来，塞尚好像没有什么特别的事情可以作为谈资的；另外他情感上的近乎冷酷恐怕也使得大家要远离他而去。现代艺术史上一向有两个路数，其一是有情的，其一是无情的，毫无疑问后者应该更是主流的方向，一般受众却未必接受得了。凡高是热情的，但是他的热情并不像后来苏丁等那样过分，他到底是个正常人，热情保持在可以被大家接受的程度。如果太强烈了，就又产生抵触。凡高生活和艺术中的底层意识和苦难意识，也有助于他被大多数人所认同。凡高被同情，被热爱，而后被景仰，他是咱们凡人的圣人。塞尚则仅仅是一位伟大的画家。虽然我还是认为塞尚的确是要比凡高更伟大一点儿的。

前引《西方现代艺术》所说"他的生活像个谜，人们在这方面了解甚少"的话，似乎是对一般自认为懂得画家生涯的人的提醒。的确我们很容易只知其一不知其二，甚至被自己先入为主的认识所误导，以致对画家创作倾向和作品的看法都成了偏见了。高更大概是更为显明的例子。我觉得里德在《现代艺术哲学》中有关说法可能更合理些，当然这丝毫不会降低高更及其艺术在我们心目中的地位：

"他的余生与其应该解释为逃避文明，不如说是绝望地寻求最低可能的生活费用。他到布列塔尼去，不是因为他爱那里的乡土和海滨，而是因为他听说，住在阿旺桥镇的玛丽·让娜·格拉纳旅馆里，一个人一个月只需两三镑即可生活。当他发现靠绘画连这样少量的钱都挣不来时，他开始想到了那些食物长在树上，甚至衣服亦非必需品的热带岛屿。"

温迪·贝克特嬷嬷在《绘画的故事》里指出："很少有画家像凡高那样对自画像深感兴趣。"然而是否还有这样的原因，即凡高让自己充当模特儿，从而用不着付那笔费用了呢——多半他根本就没钱可付。这一揣测并不妨碍我们认同温迪嬷嬷对凡高自画像价值的判断：它们"以其纯粹与真实感而获得了无法抗拒的感染力"。凡高画向日葵，画皮鞋，画妓女，等等，我猜想也有类似这种"不得不如此"的理由，如同高更移居塔希提岛一样。我们不要想得太复杂了。

　　以上都是我阅读现代艺术史时胡乱想到的，不用说即使不算谬误，也一定很肤浅。但是我实在是一个喜欢看画的人。我觉得就"现代性"而言，一百多年来在绘画中比在文学中表现得更为全面，也更为彻底。此外绘画较之文字比较容易被我们直接接受，无须经过嚼饭哺人似的翻译，也是一种便利；当然如果是看印得差劲的画册，那么被误导将是有过于看翻译作品了。不管怎么说，我在艺术观念上获益于现代绘画的地方确实很多。这回因为写这本书，顺便清理一下自己在这方面的爱好，觉得塞尚、高更、凡高和修拉，都是真正打通了古今的大师。如果单说本世纪的画家，则我最喜欢的可以分作三个层面：其一是表现主义，如蒙克、鲁奥、苏丁等；其二是超现实主义，如德·契里柯、马格利特、德尔沃等；其三也就是最高程度上的，是杜尚。

一九九九年十月一日

　　★《画廊故事》，东方出版社二〇〇〇年一月出版。

《不守法的使者》后记

对我来说，看书之外，大概看画是最有兴趣的了。然而看画比看书更不容易。因为原画收藏于各美术馆，很难有机会一一看到。退而求其次，只好看画册，不过这个"次"可就次得太多了。一则颜色多少失真。严格说来，没有一幅油画印出来还是原来样子，对莫奈、高更这些在色彩上特别有追求的画家，如果打算通过印刷品来揣摩其风格，简直就是徒劳。一则尺寸有所改变。修拉的《大碗岛》，高更的《我们从何处来？我们是谁？我们往何处去？》等，原本都是有心作成的"大画"；而德·契里柯和达利，有个时期却故意把画幅弄得很小，最有名的《一条街道的忧郁和神秘》、《记忆的延续性》等，皆是如此。可是印在画册里，大小差别往往就看不出来了，甚至比例颠倒也很常见。明白这两点之后，我也买了和看了一些画册。几年前有机会出国，尽量往美术馆跑，尽管所看不多，但是比没有去过总归要强些罢。

关于现代绘画，我有些零碎感想，两年前写成一本小册子，以后又做了些修改补充。我自惭没有描绘原作的功力，而且相信根本就不可能逼真传神地描绘出来，所以只记下一点感受了事。这可能给愿意看这书而没全见过所谈论的画的读者添了麻烦。后来我把这意思说与江奇勇先生听了，他就要我配上画作，给印成这本《不守法的使者》。这么一来，那些空泛的感想多少能落实了；虽然落实之后，可能仍然显得空泛，而且比照原画，或许反倒暴露出所谈何其不得要领；此外也不能避免前述画册的缺陷。即便如此，我还是很感激他的厚意。亚非兄和晓伟兄惠借不少资料；遴选、翻拍和翻译，大洪兄多所帮忙；丽华兄也一直支持鼓励，在此一并致以谢忱。末了还要说一句，关于现代绘画，我的看法大多启蒙自 François Morin，不过年来不通音问，这本书面世后，他若能看到就好了。

二〇〇一年九月一日

★《不守法的使者》(《画廊故事》修订版)，天津社会科学出版社二〇〇二年一月出版。

《不守法的使者》新版后记

对我来说，看画有如读书。我写看画记，也就好比记读书笔记。过去关于小说发过不少议论，其实并不会写小说；同样我也不会画画。都是"纸上谈兵"，但是我不假充内行，所以涉及绘画技法之类，一概回避不谈。我另外谈些能谈的东西。

然而较之读书，看画起手甚晚。因为客观方面，要有条件；主观方面，要有修养，我却一概没有。不知道看什么，怎么看；即便知道了，也看不到。说来我的同辈，以及至少上下各一辈人，情形相去不远。我补上这一课，不过是十年前的事。这有赖于三方面：一是读了些美术史的书；一是在国外的博物馆里看了些画，买到几种印刷较好的画册；一是结识了一位法国朋友 François Morin，是他真正为我指点了门径。对许多画家他都曾详细解说，可惜当时未能记录下来，那可要比我所写的深刻切实多了。

我开始看画时，自家思想差不多已经定型。受此影响，最感兴趣的还是西方绘画发生根本变革之后，亦即由印象派所开始的现代美术史。在这里我遇到了若干与我特别契合的画家。我曾说单以二十世纪而论，最喜欢的可分三个层面：其一是表现主义，如蒙克、鲁奥、苏丁等；其二是超现实主义，如德·契里柯、马格利特、德尔沃等；其三也就是最高程度上的，是杜尚。不妨略作解释：表现主义画家传达了我的情感，超现实主义画家印证了我有关艺术本质的认识，而杜尚则体现了我对整个世界的态度。我在书中所谈，其实也就是这些问题。

还要补充说明一点：分了"女人"、"大自然"、"梦"和"时代"四个题目，不过为的是说话方便而已；其实从印象派开始，"怎么画"就比"画什么"重要得多，说穿了后者无非是给前者找个由头罢了。这也就是较之文学史，我对美术史的兴趣后来居上的缘故。在文学领域，无论论家还是读者，往往纠缠于题材大小，多少忽略了关键的写法问题，难免"丢了西瓜捡芝麻"之讥。大家面对的是同一世界；换个看的角度，换个切入点，也就完全不同。我把画家们归在某一题目里，所强调的不是"同"，而是"异"。

这本书先已出过两版。原名《画廊故事》；后来配上相关画作，改题《不守法的使者：现代绘画印象》。现在承台湾好读出版社的雅意，再给印行一回；我也有机会对插图略作调整，俾使稍稍完善。

二〇〇三年七月二十六日

★《看穿西洋名画》（即《不守法的使者》，书名系出版社擅改），台湾好读出版社二〇〇二年十月出版。

《史实与神话》后记

"这本书的写成纯属偶然"——这是一句落套的话，可是我还是不能不这么说，因为事实的确如此。去年夏天我写完《画廊故事》，本想给自己放几个月假的。偶然遇见辉丰兄，他当时出国在即，说是打算出这么一本书。对于庚子事变或义和团运动，我一向所知甚少；虽然五六年来，我都在东交民巷和相邻的大华路上班，正是当年围攻各国使馆的战场所在，却始终不曾有过什么异样的感觉。这回赶上百年之际，也算是个整日子，我并没计划过要自己动手来"祭"它一番的。对辉丰兄的雅意，我考虑了一下，终于应承下来。不为别的，只因为所知甚少，正好借此多知道一些：我想的是利用这个由头，认真读一点书。后来我把这一想法分别告诉给谷林翁和扬之水，回答竟不约而同，说这是中国历史上他们最不感兴趣的两桩事之一，另一桩则是太平天国。我受到一点打击，相信他们说的自有道理，但是却已经从开始读的书中觉出一点意思，好有一比是箭在弦上不得不发。倘若我最后写得太不成话，则未免要为友人所笑，是乃勿谓言之不预也。亚非兄和晓伟兄倒是有耐心听我一再唠叨各种想法，也给我不少建议，虽然到底也不知道他们是否真有兴趣。

这本书本来是为配照片而写的，我下笔时不由多少跑些野马，好在电影上有声画对位和声画分立两种技术，借用过来都是说得通的。辉丰兄临走时留下《庚子事变文学集》两册和一本线装的《京津拳匪纪略》，丽华兄又替我借到《义和团》四册，《义和团史料》两册，《义和团运动史料丛编》两册，《庚子纪事》一册，《筹笔偶存》一册，《义和团档案史料》两册，我自己则买到《义和团档案史料续编》两册，差不多都是当年和其后不久的有关记载，算得上是原始材料了。我花半年功夫把这些看了不止一遍，做了大约十万字的摘录。以此为基础，写成这本小册子。后人论著，我只读了《义和团运动的起源》和《剑桥中国晚清史》的有关部分，以及《义和团大辞典》和《义和团运动史事要录》，对有关史实得以有个大致系统的了解。别的我一概没来得及看，所以没准儿这里所说与他人的看法有所冲突，抑或有所重复；不管哪种情况，都是出于无知，这是要声明一句的。

关于书名，我一向喜欢有中国味道的那类，所出过的几本书，都是这个路数，这回本来也想如此，实在找不到合适的，末了决定叫《史实与神话》，好像有所转变，其实不然，因为下不为例。这名字需要略做解释。查《现代汉语词典》，"史实"即"历史上的事实"，"神话"即"关于神仙或神化的古代英雄的故事，是古代人民对自然现象和社会生活的一种天真的解释和美丽的向往"，我在这里用的也就是这么两个意思，此外别的说法，跟我的书了无关系。只是这个"历史"或"古代"其实离现在很近。顺便说一句，从前我想起北京城墙和城门竟被草率拆除，未免有点儿伤感，这回才弄明白，原来不少城门毁于八国联军炮火，乃是以后重建的；现存的前门楼子，也为义和团纵火延烧，慈禧回銮时尚是"楼堞残缺，垣栋倾颓，无复承平旧观"（恽毓鼎《崇陵传信录》），"修盖不及，高搭彩绸牌楼三座"（仲芳氏《庚子纪事》），临时对付庆典之用；说来年代都没有好久，算不得什么古迹。我也就多少放下这份心思了。

这几年逐渐形成一个看法，与思想和文章都有关，就是不轻易接受别人的前提，也不轻易给别人规定前提。轻易接受前提的，往往认为别人也该接受这一前提；轻易规定前提的，他的前提原本就是从别处领来的，所以两者乃是一码事。我希望自己能够避免这个毛病。另外动笔之前，我已经知道有的事情是我不必干的，如叙述事件经过，因为早就有人干过了，而且干得挺好，我指的是上面提到的今人写的几本书（兴许有比这更好的也未可知）；我也知道有的事情是我不能干、不愿干和不该干的，如对这一事件予以全面评价，以及揭示它的现实意义。以古例今殊无意思。

我的兴趣可以说是在另一方面。我看历史，觉得史家述说起来总是放过虚幻的一面，把握实在的一面。这当然没错，但是对当事人来说，现在看来是虚幻的起初也许反倒是实在，而实在的则要很久以后才能为我们所知道。迄今为止，所有文本的历史其实都是意义的历史，然而意义的历史未必能够还原为事实的历史。因为意义多半是后人赋予的，当事人则别有动机，或者说别有属于他们自己的意义。他们并不曾本着后人赋予的那些意义行事。这样就有后人和当事人两个视点；分别从不同视点出发，可以写出不同的著作，其一涉及评价，其一关乎理解。这回我想干的是后面一件事情，因为对当时各类人的想法和心态更为关心。就所涉及的这段历史来说，这种差别特别明显，甚至可以说神话就是史实，史实就是神话。流传下来的一首义和团乩语，上来就说："神助拳，义和团……"那么我有一个问题：如果没有"神助拳"，还有没有"义和团"。义和团要是事先知道自己法术不灵，他们是否还会那么自信和勇猛；朝廷和民众要是事先知道义和团法术不灵，是否还会把希望（至少是一部分希望）放在他们身上。这都是我想弄明白的，也就成了我写这本书的入手之处。当然具体问题要复杂得多，牵扯到其他许多事情，我也尽量给写出来；但是如前所述，我从来没想过，同时也没有能力把方方面面一律交代到了，我只能写我真正有感触的东西。所以肯定有不少重要地方被遗漏了，或者没有得到强调，殊不合乎"百年祭"之意，然而我一向只当它是个名目而已，所以就这样算了。不过现在这题目，至少还应该包括两个方面：一是八国联军占领下的北京、天津等地人民的生活和心态，一是北京沦陷后朝廷所谓"西狩"和一年多后的回銮。在我看来，可能是比我所写到的更为实在的史实——因为当时已经没有什么神话可言了。就我个人而言，其实对这些方面更为留意，也有不少感受。可惜这回没涉及，或许将来能有机会写下来罢。

二〇〇〇年三月二十五日

★《史实与神话》，中国对外翻译出版公司二〇〇〇年八月出版。

《神奇的现实》序

从前写过一段话，可以代表这本小书的立场：我看历史，觉得史家述说起来总是放过虚妄的一面，把握实在的一面。这当然没错，但是现在看来是虚妄的，起初对当事人来说也许反倒是实在，而实在的则要很久以后才能为我们所知道。迄今为止，所有文本的历史其实都是意义的历史，然而意义的历史未必能够还原为事实的历史。因为意义多半是后人赋予的，当事人则别有动机，或者说别有属于他们自己的意义。他们并不曾按照后人赋予的那些意义行事。这样就有后人和当事人两个视点；从不同视点出发，可以写出不同的著作，其一涉及评价，其一关乎理解。我想干的是后面一件事情，因为对当时各类人的想法和心态更为关心。就所涉及的这段历史来说，这种差别特别明显，甚至可以说神话就是史实，史实就是神话。流传下来的一首义和团乩语，上来就说："神助拳，义和团……"那么我有一个问题：如果没有"神助拳"，还有没有"义和团"。义和团要是事先知道自己法术不灵，他们是否还会那么自信和勇猛；朝廷和民众要是事先知道义和团法术不灵，是否还会把希望——至少是一部分希望——放在他们身上。这都是我想弄明白的。——不过这番理解毕竟有限，它仍是置身事外的举止，与当事人自身的想法和心态难以契合。讲得冠冕堂皇一点，这还是一种历史的眼光，虽然与多数史家所见不尽相同。历史之所以是历史，就在于它已经不再是现实。回到一百多年前的现实中，切实体会人们当时所思所想，显然不可能真正做到。如果将历史与现实视为遥遥相对的两端，我写这本书，只是勉力稍微趋近后者而已。

古巴作家阿莱霍·卡彭铁尔曾有"神奇的现实"一说——我在书里已经多次提到——似乎另外提供了一种思路。他在《〈这个世界的王国〉序》中说："……神奇是现实突变的产物（即奇迹），是对现实的特殊表现，是对现实的丰富性进行非凡的和别具匠心的揭示，是对现实状态和规模的夸大。这种神奇的现实的发现给人一种达到极点的强烈精神兴奋。然而，这种现实的产生首先需要一种信仰。无神论者不可能用神创造的奇迹来治病，不是堂吉诃德，就不会全心全意、不顾一切地扎进阿马迪斯·德·高拉或白骑士蒂兰特的世界。《贝雪莱斯和西吉斯蒙达历险记》的人物鲁蒂略关于人变成狼的那番话之所以令人置信，是因为塞万提斯生活的那个时代，人们的确相信有所谓的变狼狂，就像相信人物乘坐女巫的披巾从托斯卡纳飞到挪威那样。马可·波罗说有些大鸟能拽着大象在空中飞翔；马丁·路德说自己曾经与魔鬼邂逅并朝他的脑袋扔了一个墨水瓶。热衷于志怪文学的人则一再援引维克多·雨果，因为后者也曾笃信鬼魂，并且断定自己在盖纳西岛生活时和莱奥波迪娜的鬼魂说过话。凡高对向日葵的虔诚，使他得以在画布上充分展示它的印象。"这未尝不可以用来说明构成本书主体的那些人物——姑且勿论彼辈出没其间的"神奇的现实"，与卡彭铁尔所描述者相比，有无深刻浅薄、复杂简单的区别；更勿论这一"神奇的现实"在现实或历史的意义上是对是错，以及对于现实和历史到底造成何等后果。"这种现实的产生首先需要一种信仰"，乃非后世史家以及我所能领略；所以卡彭铁尔针对其所鄙夷的超现实主义者所说的话，可以针对我们重说一遍："你们看不见，须知有人看得见。"旁人视为"执迷不悟"者，在其自己或许正是"义无反顾"。

现在提起这个话头儿，正是为了提醒自己这一差距的存在，虽然并不意味着我的立场有所改变。此外须得说明一句，书里讲到义和团之为"神奇的现实"，很大程度上是在想象层面展开，其实还是隔教之言。因为按照卡彭铁尔的本意，"神奇的现实"并非想象的产物，在某些人眼里它就是现实本身。亚历克西斯·马尔克斯·罗德里格斯在《澄清有关阿莱霍·卡彭铁尔的两个问题》一文中谈及"神奇的现实"与"魔幻现实主义"的区别，也曾指出："在魔幻现实主义中，魔幻在于艺术家；而在'神奇的现实'中，神奇却在于现实。……前者倾向于想象，而后者却维持在现实的范围之内。"

二〇〇四年十二月三十一日

★《神奇的现实》(《史实与神话》修订版)，山东画报出版社二〇〇五年九月出版。

《神拳考》序

　　这本书有过不止一个名字，现在决定叫《神拳考》。这里"神拳"并不单指十九世纪九十年代末鲁西北那个以此为名、实为义和团前身的组织，而是贯穿义和团运动始终，如其揭帖所云的"神助拳"这回事儿；至于"考"，虽然也有"考证"的内容，更多的却侧重于"考察"。依我之见，"拳"为何"神"，又是否"神"，诚为这一历史事件的关键所在。

　　这个书名还有一层意思：我写的并非一本介绍事件本末，进而作出历史评价的书；而应该——容我不揣冒昧地指出——归在"文化批评"项下。关于本书所涉及的一段历史，别人已经谈论很多，我没有兴趣重复，也不想做翻案文章，我希望根据现有的材料另外说点什么。文化批评并不取代历史评价，甚至不影响历史评价；但反过来说，文化批评也不应为历史评价所左右。这里用得上的关联词也许是"尽管……然而……"，而不一定是"不但……而且……"。文化批评与历史评价的着眼点有所区别，也不具有同一目的，然而与其说它们是在不同方向，不如说是在不同层次——如果持此眼光，彼此就不会抵牾，抑或还能相互补充。

我写这本书所用的材料都是当年的上谕奏稿、函牍文告、笔记杂录之类，一总有七百多万字。翻看一遍，我发现其中不少内容为后来的史家所视而不见，或忽略不计。如荣孟源在《义和团史料》的序中说："资料不是伪造的，但所记事迹未必完全真实。在义和团自己的文献中就有假话、空话、大话和我们不能懂的话。……'神助拳、义和团，只因鬼子闹中原。'前半句是空话，后半句却说明了义和团反帝运动兴起的真情。"作为史家如此看法其实情有可原，因为在他们眼中，历史所呈现的应该是一系列针对我们的意义，决定是否值得记录的标准即系于此。然而除此之外，历史也许还呈现给我们一些别的东西。也就是说，真实未必只有一种；而且，不同种类的真实未必不能并行不悖。

多年以来，我一直想写一部"人类愿望史"或"人类信念史"之类的书，这应该是与通常的历史并行的另一种历史。在其中起主导作用的，不是后人赋予的意义，而是当事人的动机。我更感兴趣的是当年人物想干什么，以及他们因此——而不是为了多年之后的我们——干了什么。从某种意义上讲,《神拳考》可以算作计划中的这部书的一个片段,至于我能否完成整部作品,或除此之外能否写出别的片段,尚在未定之天。回头想想荣氏的话,我觉得从一种角度看是当年人物的"假话、空话、大话和我们不能懂的话",从另一种角度看也许并非如此,可能正是值得重视的原始材料。因为"假话、空话、大话和我们不能懂的话"正体现了团民的某种愿望和信念,而这些愿望和信念在酿成这一事件,或者说造就这段历史中所起的作用,其实不可低估。这也就是我曾经说过的:如果没有"神助拳",还有没有"义和团"。义和团要是事先知道自己法术不灵,他们是否还会那么自信和勇猛;朝廷和民众要是事先知道义和团法术不灵,是否还会把希望——至少是一部分希望——寄托在他们身上。正是从这一想法出发,我写出了《神拳考》。

当初完成书稿之后我曾说:这几年逐渐形成一种与思想和文章有关的看法,即不轻易接受别人的前提,也不轻易给别人规定前提。轻易接受前提者,往往认为别人也该接受这一前提;轻易规定前提者,原本接受的就是别人的前提,所以两者是一码事。我希望自己能够避免这个毛病。我写这本书,受到不少曾经读过的作品的影响,如本尼迪克特的《菊与刀》,勒庞的《群众心理学》,等等。有关义和团的作品也读过一些，包括此书完成之后才读到的狄德满著《华北的暴力和恐慌：义和团运动前夕基督教传播和社会冲突》、佐藤公彦著《义和团的起源及其运动》，它们和此前读的周锡瑞著《义和团运动的起源》等，都使我对那段"通常的历史"了解得更清楚、更详尽，但这与前面所说那种影响毕竟有些区别。相关著作中，令我深感共鸣的是柯文著《历史三调：作为事件、经历和神话的义和团》，虽然我读此书也在完成《神拳考》之后。与其说《历史三调》是一本研究义和团的书，不如说是一本以义和团为例探讨研究历史的方法的书。我认为，我们可以参考别人的方法，却不能沿袭别人的结论，尤其不能把别人的结论当作自己研究的前提——否则的话，研究也就不成其为研究了。

二〇一五年六月十八日

★《神拳考》(《神奇的现实》修订版)，上海华东师范大学出版社二〇一六年一月出版。

《插花地册子》序

　　我应承下这个题目，整整拖了一年不曾动笔。实在是写起来很不容易。原因有二，其一是要写自己的事情。我一向认为世间什么都可以谈谈，唯独自己的事情除外，因为容易搞得"像煞有介事"。记得有一回和朋友谈起，文艺复兴的流弊之一就是人们都太把自己当回事儿，而几百年来欧洲以至世界上的乱子多由此而生。看清楚这一点，大概可以引为鉴戒，更重要的恐怕还是觉得这未免可笑，也很可怜。再说读者多半是不相识的，凭什么不先请教一句想听与否，就把你那点儿鸡毛蒜皮的事情说个喋喋不休呢。天下事怕的是自己饶有兴致，而别人索然无味。话说到此，似乎牵扯到意义了，殊不知这是最难确定的，把有意义的看成无意义，因而不说，倒还无所谓，顶多只是遗漏，而古往今来遗漏的事情多了，最终一起归于寂灭而已；麻烦的是把无意义的看成有意义，岂不成了一桩笑话了。废话说了许多，终于还是要写，并不是自己又有新的想法，也不是一向视为无意义的忽然变废为宝了，道理其实只有一个：既然说过要写，那就写罢。只是有些太个人化的事情可以忽略不提，而且知道即便写下来也没有什么价值，那就不妨换个态度，至少无须装腔作势了。好有一比是明知自家摊儿上只有萝卜白菜，就用不着像卖山珍海味似的起劲吆喝了。当然有会做买卖的，能把萝卜白菜吆喝出山珍海味的价儿来，可惜我没有这个本事，而且总归还是心虚，不如尽量藏拙为幸。

其二是要写童年的记忆。查《现代汉语词典》，"童年"是指"儿童时期，幼年"。这大概是说年龄，真要如此我可就写不出什么来了，因为我在那个岁数差不多没有记忆。有个办法是浑水摸鱼，把后来的事情偷偷儿地移到前面去；但是我却不打算这么干，因为这颇有写小说的意思，那样的话倒不如另替主人公取个名字，索性胡编一气呢，兴许有点儿意思也未可知。这回照旧是实话实说，跟我十年来写文章的路数一样。但如果换个衡量的尺度，比如说经验、知识，或者思想，大概直到现在"童年"也还没有过去呢，这样似乎就可以打一点儿马虎眼了。此外，即使童年只是时间概念，记忆却是绵延一贯的，很难掐头去尾单单截取那么一段儿，而不牵扯到此后的想法和行事。也就是说，童年只是因，后边还有果（或者没有，好比一朵谎花，开过算是完事），我把这个因果关系写出来，大概和"童年记忆"的本义也不太离谱罢。说来这些都是找辙而已，可是人若不给自己找辙，又能干得成什么事情呢。反正勉强拿得出手的就是这些了。

话虽是这么说，赶到要动笔了，还是觉得有些为难。前些天和朋友聊天，我说现在无论谁都是几岁上小学，几岁上中学，几岁上大学，恐怕难得有早慧者，更别提什么天才了。这话原本与自己无关，可是现在要写这篇东西，觉得似乎除了一笔流水账以外，也没有什么好交待的。话说到这里忽然想到，从前写过《如逝如歌》，其实是一部自传。从一九八七年写起，到一九九三年才算完成，在此之前凡是自个儿觉得有点感触的东西大多写在里面了，倒不如拿这个来顶账呢。只是因为是诗的形式，又用了梦窗碧山一路笔法，未免有些晦涩，现在要写也只好给它写本事。但是人生经历讲起来也就是点到为止，话说多了反而没意思。末了想起从前写过一段话："我这个人活到现在，差不多只做过读书这一件事，如果这能算是一件事的话。"那么就以这个为主来谈谈罢。虽然十年间以书为题目写过不少文章，该说的话其实也说了不少了，但那都是书评，未免略为严肃，至少书本子要找出来重看一遍，想清楚好坏究竟在哪里。这回则另辟门径，单单凭记忆说话，也就不妨随便些了。所以算是给那几本随笔集子写本事也行。虽然免不了有记错的地方，可是错误的记忆也是一种记忆。也不是凡记住的都写在这里，有些宁肯忘掉的，我当然就不写了。写的主要还是愿意保留的一点记忆罢。也可以说我写的是记忆在这些年里的沉积物或衍生物。可是还要声明一句，就是读书我也没怎么特别用功，只不过别的方面乏善可陈，好像显得这像回事儿了。但是有一条线索在这里，也就由得我跑野马。现在闲话少说，言归正传——至于"正传"是否仍是"闲话"，抑或更"闲"了几分，那我就不管了。

二〇〇〇年八月九日

《插花地册子》后记

　　几年前我将过去写的小诗筛选一遍，订成个小本本，后缀一篇短文，略述写作经过，末尾有几句话，移过来用在这里似乎更为合适："记得维特根斯坦说过，一个人对于不能谈的事情就应当沉默。现在我倒似乎可以说，一个人谈了他能谈的事情就应当沉默。"眼下这本书已经写完，目录上拟了"后记"一项，其实所要说的也只是上面这些，或者连这些都不说也无妨。然而我是喜欢序与后记这类名目的，因为可以信笔乱说。现在我写文章，多半都是命题作文，我觉得这也不错，怎样能在既定的语境里尽量多讲自己的意思，既有乐趣，也是本事。本事我是没有，但是很想锻炼一下，所以一写再写。但是遇见序或后记，我还是不愿轻易放过，何况是自己的书呢。

　　信笔乱说也不是没话找话，譬如书名问题便可以一谈。现代文学史上，有几个书名我一向羡慕，像鲁迅的"坟"，周作人的"秉烛谈"和"药味集"，废名的"莫须有先生传"，张爱玲的"流言"等都是,可惜这些好名字被他们用过了。二十年前读《郑板桥集》,见其中有残篇曰"刘柳村册子",记述生平琐事,文笔好,这个题目也好,时间过去许久,印象仍然很深。此番追忆往事,原拟叫作"本事抄"的,虽然稍显枯燥,然而与拙文路数正相符合。偶有朋友批评其中略带自夸之意,则吾岂敢,且亦非本意所在,因此打算调换一个。这就想到郑板桥的文章,那么我也学着弄个"册子"好了。然而郑册成于刘柳村,自有一番机缘;而我半生居住北京,虽然一共搬迁四次,不过是在城里及近郊转悠,哪有什么兴会。觅实不得,转而求虚,兴许能凑合上点什么,忽然记起"插花地"这个词儿,插花地也就是飞地,用在这里是个精神概念,对我来讲,也可以说就是思想罢。

现在这本书,也是思想多,事情少,这与我的记忆不无关系。我这个人记性不能说不好,但也不能说好,盖该记住的记不住,而不该记住的反倒都记住了也。所作《挽歌》,有"遗忘像土地一样肥沃"之句,这是我的遗忘礼赞,的确一向以为,与记忆比起来,没准儿遗忘还更有魅力一些。譬如夜空,记忆好比星辰数点,而遗忘便是黑暗,那么究竟哪个更深远、更广大、更无限呢。不过现在要写的是记忆,而不是遗忘，我也只能描述头脑中闪现的那几个模模糊糊的小亮点儿，无法给自己硬画出一片璀璨星空。所以写得空虚乏味恐怕也在所难免。至于思想，其实不无自相矛盾之处，对此亦无庸讳言：苦难意识与解构主义，唯美倾向与自然本色，哪一样儿我也不愿舍弃，并不强求统一。说来"统"不可能，"一"太简单，一个人的思想，也可以是多维度的罢。

《插花地册子》原先另外拟有几个章节，写的时候放弃了。包括买书的经历，实在太过琐碎平凡，所以从略；又打算写看电影的记忆，可是说来话长，不如另找机会。看画的事情已经专门写了本小书，这里只补充一句，世间有两位画家与我最是心灵相通，一是鲁奥，一是马格利特，这正好反映了我的情与理两个方面。关于音乐没有说到，可是这也没有多少好讲的，因为在这方面纯粹外行，正好前不久给朋友写信时提及，不如抄在这里算了："最喜欢的是中世纪修女或修士的无伴奏歌唱，在法国买到几张 CD，视为珍宝，真是丝竹之声不如肉声。此外喜欢室内乐，尤其是四重奏，总觉得仅仅是演奏者彼此之间的交流，而观众不过是旁听而已。我认为旁听是最理想的一种接受方式，无论艺术，还是文学。独奏就未免强加于人，交响乐又多少有些造势。交响乐最喜欢肖斯塔科维奇的，因为最黑暗。有两样儿不大投缘：一是狂气，一是甜味，此所以对贝多芬和柴可夫斯基皆有点保留也。至于约翰·施特劳斯那种小布尔乔亚式的轻浮浅薄，洋洋自得，则说得上是颇为反感了。"

这里除《插花地册子》外，还附有《如逝如歌》，不过按理说后者应署名方晴才是。用不着一一指出它们的相通之处，但是彼此实在有些联系。说得上此详彼略，此略彼详，如果都略过了的，要么是我不想说的，要么如前所述，是已经遗忘了的缘故。这并不足惜，个人的一点琐事，遗忘了也就算了。现在写这本小书，正是要趁记忆全部遗忘之前，把其中一部分强行拦下。然而这正是我所担心的，兴许分不清其间孰轻孰重，甚至孰是孰非。尝读知堂翁校订《明清笑话四种》，见有"恍惚"一则云：

"三人同卧，一人觉腿痒甚，睡梦恍惚，竟将第二人腿上竭力抓爬，痒终不减，抓之愈甚，遂至出血。第二人手摸湿处，认为第三人遗溺也，促之起。第三人起溺，而隔壁乃酒家，榨酒声滴沥不止，意以为己溺未完，竟站至天明。"

我怕的是如这里所挖苦的不得要领。倘若是说别人的事，不得要领倒也罢了，一句"误会"便可以打发了事；说自己而不得要领，岂不像这里抓痒起溺之人一样可笑了么。因此又很想把这本书叫做"恍惚记",不过这也许该是我一生著书总的名字,那么暂且搁在一边,留待将来再使用罢。

二〇〇〇年十月十九日

★《插花地册子》,东方出版社二〇〇一年一月出版。

《插花地册子》新版后记

费定有本《早年的欢乐》，我还是三十年前读的；写的什么记不真切了，题目却给我留下深刻印象。讲到我自己，"早年"并无什么"欢乐"；假如非得指出一项，那么就是这本小书里所记述的了。现在把稿子重校一遍，忽然想起费定的书名，打算移用过来，又觉得未必能够得到他人认同。我所讲的事情，恐怕早已不合时宜。因为这里所提到的，说老实话无一不是闲书，统统没有实际用处。花那么多工夫在这上面，也只是"穷欢乐"罢了，人家看了大概要笑你是傻瓜或疯子呢。

却说有家出版社曾经陆续推出一种"文库"，包括"传统文化书系"、"近世文化书系"和"外国文化书系"等类。刚开始还有些反响，后来就不大有人理会，再往后则根本在书店里见不着了。这套书选目是否得当，翻译、校点是否认真，均姑置勿论；只是假如早些年面世，恐怕不会落到这般下场。读者的口味已经变了，不复我们当初那样求"博"，转而求"专"——"文库"的推出本来旨在适应前一种要求；而后一种要求，没准儿只是急功近利打的幌子而已。

我知道自己赶上一个观念嬗变的时代；至于这变化是好是坏，殊难确定。《渔父》有云："夫圣人者，不凝滞于物而能与世推移。"我们常常笑人"随波逐流"，或许倒是自家修行不够。虽然我也明白，不够就是不够，假装不了圣人。此所以还要唠叨读什么书，有何感想之类老话。当然不妨声明一句，我读这些闲书，并不耽误读对我确有实际用处之书——我是学医出身，有用的只是教材，每本厚薄不等，加在一起有几十本，前后历时五载读毕。这里不曾谈到，当年却未尝不用功也。

此外书中遗漏之处还有很多，这回并未逐一补充。理由即如从前所说，挂一漏万总归好过喋喋不休。譬如"思想问题"一节，如果详细报告需要增加几倍篇幅，但未必有多大意义。何况很多话别人早已说过，而且精辟得多。前些时我对朋友讲，这方面所思所想，可以归结为前人的两段话，其一是周作人所说："盖据我多年杂览的经验，从书里看出来的结论只是这两句话，好思想写在书本上，一点儿都未实现过，坏事情在人世间全已做了，书本上记着一小部分。"（《灯下读书论》）其一是福楼拜所说："我认为，我们能为人类进步做一切或什么都不做，这绝对是一回事。"（一八四六年八月六或七日致路易斯·科莱）——从这个意义上讲，冥思苦想远不及多读点书更其有益，至少对我来说是这样。虽然拈出这两段话来，并强调其间互为因果的关系，似不失为一得之见。

顺手添加了几幅插图，都是自己喜欢，又有些感想的。与正文并无关系，不妨说是自成片段。

二〇〇五年三月二十八日

★《插花地册子》，山东画报出版社二〇〇五年九月出版。

《插花地册子》增订版序

记得当年《插花地册子》面世后，有书评云，对嗜好读书的人来说，这是一部"关于书的《随园食单》"。我很感谢论者此番揄扬，但也知晓所言太过夸张；而且话说回来，我的本意并不是在开书目上。实话实说我也没有这个本事。书目只能显示——或暴露——开列者的水平，当然附庸风雅者除外。真有资格开书目的，读书必须足够多，足够广，而且自具标准，又无所偏私，更不能先入为主。我读书则如这书中所述，在范围和次序上都有很大欠缺，迄今难以弥补。所记下的只是一己多年间胡乱读书所留下的零散印象，别人愿意参考亦无不可，但若视为一份推荐书目则难免误人子弟了。——顺便讲一句，我另外的几本书也有被误读之虞：《神拳考》不是讲述历史，《惜别》不是私人回忆录，《周作人传》不是"传记文学"。

我曾说，我这个人活到现在，差不多只做过读书这一件事，如果这能算件事的话。这话讲了将近二十年了，之后这段时间仍然如此。关于读书我写过不少东西，但很少谈到读书的好处，特别是对我自己的好处。这里不妨总括地说一下。回顾平生，我在文、史、哲方面的一点知识，从学校教育中获益甚少，更多的还是自己东一本书西一本书读来的。说来未必一定是相关学科的书，也包括各种闲书如小说、戏剧、诗歌、散文在内。以此为基础，逐渐有了比较固定的对于历史、社会、人生的看法，以及养成一应兴趣、爱好、品位等。将我具体的人生经验及见识与书上所讲的相对照，有如得到良师益友的点拨，人生不复暗自摸索，书也不白读了。假如当初我不读这些书，也许会成为另外一个人；正因为读了这些书，我才是现在这样的人。这可以说是一种自我教育，而《插花地册子》所记录的就是这一过程。

当然，具体说起这码事儿来并没有那么简单。村上春树在《无比芜杂的心情》中写道："书这东西，根据年龄或阅读环境的不同，评价一般会微妙地发生变化。……在这样的推移中，我们或许可以读出自己精神的成长与变化来。就是说，将精神定点置于外部，测算这定点与自己的距离变化，就可以在某种程度上确定自己的所在之地。这也是坚持阅读文学作品的乐趣之一。"对我来说，有的书的好处当下就感受到了，有的书的好处却要过很久才能领会，有的书的意义仅仅在于引导我去读相关的、比它更为重要的书，也有的书昔曾视若珍宝，今却弃如敝屣。此亦如与人来往，有的一度密切，继而疏远，乃至陌如路人；有的则属交友不慎，后来幡然悔悟。不破不立，读书不违此理。

某地曾举办一项名为"三十年三十本书"的活动，要求报出曾影响过自己的书单，我亦在被征集者之列，在附言中强调说，影响了"我们"的书，不一定影响了"我"。就我个人而言，多少年来读书有个基本目的，就是想让"我"与"我们"在一定程度和方向上区分开来。"我们"爱读的书，说来我读得很少。在思想方面，我不想受到"我们"所受到的影响，或者说我不想受到"我们"的影响。从这个意义上讲，读书之为一种自我教育，正是对于规范化和同质化的反动。人与人之间无非大同小异，但正是这点小异，决定了是"我"而不是"他"，尤其不是"我们"。话说至此，可以再来解释一下当初何以要起这个书名。"插花地"就是"飞地"，查《现代汉语词典》，飞地，"①指位居甲省（县）而行政上隶属乙省（县）的土地。②指甲国境内的隶属乙国的领土。"用在这里是个精神概念，其意庶几近于所谓"异己"。

将读书作为一种自我教育，对于我这一代人来说，实在是无奈之举。当年假如不进行这种自我教育，恐怕就谈不上真正受到教育了。以后的人情况容或有所变化，但这一环节大概也不能够完全欠缺。虽然具体内容是不可能照样复制的，前面说到，影响别人的书未必能影响我，同样，影响我的书也未必能影响别人。所以书目还得自己来拟，书也还得自己来读。然而亦如前面所云，别人愿意参考亦无不可。这也就是我不揣冒昧，将这本谫陋的小书再度交付出版的缘由。

二〇一五年十一月八日

《插花地册子》增订版后记

　　《插花地册子》在二〇〇一年和二〇〇五年各印行过一版。后者订正了前者的个别错谬，却又添了新的错谬，如《挽歌》竟漏排了一行。这回重新出版，将插图尽皆删去，对各章内容做了程度不等的修改，还适当有所增补，多采自过去所记的零散笔记，但凡是已经写成文章的就不再重复了。所有增订，均以二〇〇〇年完成这本书时自家的见识为下限，否则未免成了未卜先知。举个例子，书中谈到张爱玲，那时她的中文作品《同学少年都不贱》、《小团圆》和《重访边城》尚未揭载，英文作品 *The Fall of Pagoda*、*The Book of Change*、*The Young Marshal*（未完成）亦未付梓，更未由他人译成中文，她为电影懋业有限公司编的剧本也大多没有整理出来，仅凭当时所见的小说《五四遗事》、《怨女》、《色，戒》、《相见欢》和《浮花浪蕊》，《红楼梦魇》，注译的《海上花》，以及一些散文，还无法清晰地了解张爱玲一生后四十年的创作历程，更不可能提出"晚期张爱玲"这说法。现在可以说，她的这一时期大概分为三段：一九五五年至一九六七年，以英文写作为主，除上面提到的几种外，发表和出版的有 *Stale Mates*、*A Return to the Frontier*、*The Rouge of the North*，同时为"电懋"编写剧本，现存九种，此外还有些中译英和英译中之作；一九六八年至一九八一年，继将 *The Rouge of the North* 自译为《怨女》后，小说有《色，戒》、《相见欢》、《浮花浪蕊》、《小团圆》和《同学少年都不贱》，散文有《忆胡适之》、《谈看书》、《谈看书后记》等，还有《红楼梦魇》和《海上花》，晚期创作乃以这一阶段为高峰；一九八一年以后，只有《对照记》及少量散文面世，继续做的主要工作是将《海上花》译为英文，但定稿遗失，致终未完成。这些说来话长，此处略提一下，以见今昔见识上的一点差别，也算是对书中相应部分的补充。

二〇一五年十月十日

★《插花地册子》（增订版），新星出版社二〇一六年四月出版。

《老子演义》序

一

去年偶与朋友谈起，拟有关于《老子》之作；朋友说，你写过《橒下读庄》，当然该谈《老子》了。其实我倒不以为这么顺理成章。将近二十年前阅李泽厚著《中国古代思想史论》，意思浅近，不过他把庄禅算作一路，孙老韩算作一路，倒对我启发不小。此前我尚且被通行之"老庄"说法束缚着呢。后来读到冯友兰著《中国哲学史》，原来他早就讲得明白："实则《老》自《老》，庄自庄也。"然而冯氏此语亦自有据，即如其所说："《庄子·天下篇》，凡学说之相同者，如宋轻、尹文，皆列为一派，而老聃、庄周，则列为二派。"

《天下》晚出，绝非庄子所作，实乃一部先秦思想小史，于关尹、老聃云："以本为精，以物为粗，以有积为不足，澹然独与神明居，古之道术有在于是者。关尹、老聃闻其风而悦之，建之以常无有，主之以太一，以濡弱谦下为表，以空虚不毁万物为实。关尹曰:'在己无居,形物自著。其动若水,其静若镜,其应若响。芴乎若亡,寂乎若清,同焉者和,得焉者失。未尝先人而常随人。'老聃曰:'知其雄,守其雌,为天下豁;知其白,守其辱,为天下谷。'人皆取先,己独取后,曰'受天下之垢';人皆取实,己独取虚,无藏也故有余,岿然而有余。其行身也,徐而不费,无为也而笑巧;人皆求福,己独曲全,曰'苟免于咎'。以深为根,以约为纪,曰'坚则毁矣,锐则挫矣'。常宽容于物,不削于人,可谓至极。关尹、老聃乎,古之博大真人哉。"于庄周则云:"芴漠无形,变化无常,死与生与,天地并与,神明往与。芒乎何之,忽乎何适,万物毕罗,莫足以归,古之道术有在于是者。庄周闻其风而悦之,以谬悠之说,荒唐之言,无端崖之辞,时恣纵而不傥,不以觭见之也。以天下为沉浊,不可与庄语,以卮言为曼衍,以重言为真,以寓言为广。独与天地精神往来,而不敖倪于万物,不谴是非,以与世俗处。其书虽瑰玮而连犿无伤也,其辞虽参差而诡可观。彼其充实不可以已,上与造物者游,而下与外死生、无终始者为友。其于本也,弘大而辟,深闳而肆,其于宗也,可谓稠适而上遂矣。虽然,其应于化而解于物也,其理不竭,其来不蜕,芒乎昧乎,未之尽者。"

　　冯氏一番议论，最是鞭辟入里："据此所述，《老》、庄之学之不同，已显然可见矣。此二段中，只'澹然独与神明居'一语，可与'独与天地精神往来'之言，有相同的意义。除此外，吾人可见《老》学犹注意于先后、雌雄、荣辱、虚实等分别。知'坚则毁'、'锐则挫'，而注意于求不毁不挫之术。庄学则'外死生，无终始'。《老》学所注意之事，实庄学所认为不值注意者也。"如果细读《庄》、《老》，当知二者实有本质区别。虽然《庄子》讲"道"，《老子》亦讲"道"；《庄子》说"道不当名"（《知北游》），《老子》亦说"道可道，非常道"（王弼本一章）；至于"独与天地精神往来"与"澹然独与神明居"，皆指其所体会之道，乃无限超越于普通生活表象。然而《庄子》之道，并不同于《老子》之道。

　　概括说来，《庄子》之道是事物自然状态，乃是本来如此，如《知北游》所说："天不得不高，地不得不广，日月不得不行，万物不得不昌，此其道与。"《老子》之道是世界根本规律，可以加以利用，如王弼本三十九章所说："昔之得一者，天得一以清，地得一以宁，神得一以灵，谷得一以盈，万物得一以生，侯王得一以为天下正。"《庄子》讲"无为而为"或"无为而无不为"，前一"为"字作目的解，后一

"为"字作行为解；《老子》讲"无为而无不为"，"无为"指行为，"无不为"指结果。从根本上讲，《庄子》哲学只涉及个人，而《老子》哲学针对社会。《庄子》说"孰弊弊焉以天下为事"（《逍遥游》），《老子》则津津乐道于"为天下"（王弼本十三章）、"取天下"（王弼本四十八章）。《庄子》说"夫圣人之治也，治外乎"（《应帝王》），与他人无关；《老子》之"圣人之治"（王弼本三章），显然是针对"民"或"百姓"的。如果各取一语为代表，《庄子》是"吾丧我"（《齐物论》），《老子》则是"柔弱胜刚强"（王弼本三十六章）。世间"老庄"一说，人云亦云，众口铄金，其实无甚道理。我前著《樗下读庄》，已经讲明此事，这回把《老子》重新研读一过，愈加确信无疑也。

二

从前写《樗下读庄》，曾说："如果我们把《庄子》看成一脉人即庄学、庄学的后学和后学的后学的著述，那么作为其中被寓言化的原型的老子可能在庄学形成之前，而《老子》的作者则是在庄学形成之后，即在庄学的后学与后学的后学之间。换句话说，《庄子》的大部分内容是完成于《老子》之前。"当时虽已读了《马王堆汉墓帛书（壹）》，却尚未见着《郭店楚墓竹简》；现在看来，这番话也许该作些修正。盖过去仅仅觉出《庄子》非一时一人之作，却未想到原来《老子》也是如此，而出土文献恰恰证实了这一点。

郭店楚简年代，多数论家以为在战国中期（约公元前三〇〇年左右）。其中有三组与帛书及其后通行各本《老子》有关，学者分别称之为《老子》甲、乙、丙，或《老子（A）》、《老子（B）》、《老子（C）》。当然这都是"姑妄言之"。楚简这一部分（确切地说是这几部分）真正名义如何，不得所知，根据后出文本予以命名，终究有些勉强。郭店楚简不止与《老子》有关者，这里因为话题只涉及这一方面，不如称之为"楚简甲"、"楚简乙"、"楚简丙"更其恰当。楚简甲相当于王弼本《老子》十九章、六十六章、四十六章中段和下段、三十章上段和中段、十五章、六十四章下段、三十七章、六十三章、二章、三十二章、二十五章、五章中段、十六章上段、六十四章上段、五十六章、五十七章、五十五章、四十四章、四十章、九章。楚简乙相当于王弼本《老子》五十九章、四十八章上段、二十章上段、十三章、四十一章、五十二章中段、四十五章、五十四章。楚简丙有十四枚不见于帛书以后各《老子》，学者另分出为《太一生水》，此举未必合理；其余部分相当于王弼本《老子》十七章、十八章、三十五章、三十一章中段和下段、六十四章下段。总共两千余字。单论与今本《老子》相合部分，约为后者的五分之二。其中六十四章下段，既见于楚简甲，复见于楚简丙，字句略有出入。

这样就有两种意见。一曰楚简甲、乙、丙，并不属于同一整体，而是各自独立的三种文本，但均可以视为《老子》前身，以后融合为一体，并补充新的成分，成为今本《老子》。一曰三组竹简乃是选本，或删节本，战国早期已有《老子》书在，且较郭店楚简三组的总和为多。先秦文献中与今本《老子》重复而不见于楚简者，也被后者视为这一据说早已存在的全本《老子》的内容。这未免有先入为主之嫌。在没有更早于郭店楚简之有关《老子》文献出土前，我对这种说法不敢苟同。

按照前一说法，《老子》之形成过程为时不短；而此一过程，基本上完成在帛书《老子》之前，即汉初时候。据此重新审视《庄子》与《老子》的关系，或许会对《庄子》与《老子》某些话语重复的问题，有一更为切实的认识。《庄子》中与今本《老子》重复的话语，情况并不相同，不能一概而论。其中前冠有"老子曰"、"老聃曰"、"故曰"、"故"和"夫"者，指为引文尚且说得过去；若是行文中有一两句相近，乃至连文字都不一致者，譬如《庄子·应帝王》之"明王之治，功盖天下而似不自己，化贷万物而民弗恃，有莫举名，使物自喜，立乎不测，而游于无有者也"与《老子》王弼本七十七章之"是以圣人为而不恃，功成而不处，其不欲见贤"，也说成有所沿袭，则未免牵强附会。盖发此论者，头脑中尚有《老子》五千言早出的印象在也。

《庄子》文本驳杂，自相矛盾，显然不是一时一人所作，且早出与晚出，亦非过去区分以内篇与外篇、杂篇那么简单。内篇中有庄学后学之后学作品羼入，外篇、杂篇中有属于庄学或庄子后学的篇章，而这些篇章中又夹杂着晚出段落。所以泛言《庄子》，最容易生出偏差，须得看在《庄子》哪一篇，又在哪一段也。譬如外篇《知北游》，立论甚为精辟，与内篇《逍遥游》、《齐物论》相当，然则"知北游于玄水之上"一节中之"夫知者不言，言者不知，故圣人行不言之教。道不可致，德不可至。仁可为也，义可亏也，礼相伪也。故曰'失道而后德，失德而后仁，失仁而后义，失义而后礼。礼者，道之华而乱之首也'。故曰'为道者日损，损之又损之以至于无为，无为而不无为也'"一段，早经论家指出其为后人羼改。恰恰其中颇有与《老子》重复之处，然而只不过涉及这很可能是羼改的一小段话而已，既不能代表《知北游》其余部分，亦不能代表《庄子》全书。也就是说，不宜将《庄子》视为一个整体，当作推论的依据。

《庄子》与《老子》重复话语，有见于楚简者，如《庚桑楚》之"老子曰：'……儿子终日嗥而嗌不嗄，和之至也'"，在楚简甲；《胠箧》之"故曰'大巧若拙'"，《在宥》之"故贵以身于为天下，则可以托天下；爱以身于为天下，则可以寄天下"，《寓言》之"老子曰：'……大白若辱，盛德若不足'"，《让王》之"唯无以天下为者，可以托天下也"，在楚简乙。有仅仅见于今本《老子》者，如《胠箧》之"故曰'鱼不可脱于渊，国之利器不可以示人'"，在帛书相当于王弼本三十六章处；《达生》之"是谓为而不恃，长而不宰"，在相当于王弼本十章及五十一章处。上述二者实有区别。即以前述《知北游》之一段话为例。"夫知者不言，言者不知，故圣人行不言之教"，近乎《老子》帛书之"[知者]弗言，言者弗知"（王弼本五十六章）和"是以圣人居无为之事，行[不言之教]"（王弼本二章）；"故曰'为道者日损，损之又损之以至于无为，无为而不无为也'"与帛书相当于王弼本四十八章部分基本一致，而这些又分别见于楚简甲、乙中。又"故曰'失道而后德，失德而后仁，失仁而后义，失义而后礼。礼者，道之华而乱之首也'"，与帛书相当于王弼本四十八章部分大体相合，却为楚简所无。前二句有可能是引自作为《老子》前身的楚简；至于后一句，或许别有所本，未必一定是从《老子》中来也。

《庄子》不是一时一人之作，其可能沿用《老子》者已如上所述；《老子》之形成亦自有过程，其间未必不曾取材于其他文本，甚至包括《庄子》某些段落在内。那些今本《老子》所有而楚简所无的部分，尤其可能如此。譬如，《庄子·大宗师》之"夫道，……自本自根，未有天地，自古以固存；神鬼神帝，生天生地"，与《老子》帛书之"有物混成，先天地生"（王弼本二十五章）；《庄子·胠箧》之"子独不知至德之世乎。昔者容成氏、大庭氏、伯皇氏、中央氏、栗陆氏、骊畜氏、轩辕氏、赫胥氏、尊卢氏、祝融氏、伏羲氏、神农氏，当是时也，民结绳而用之，甘其食，美其服，乐其俗，安其居，邻国相望，鸡狗之音相闻，民至老死而不相往来。若此之时，则至治已"，与《老子》帛书之"小邦寡民，使十百人之器毋用，使民重死而远徙。有车舟无所乘之，有甲兵无所陈［之，使民复结绳而］用之。甘其食，美其服，乐其俗，安其居，邻邦相望，鸡狗之声相闻，民至［老死不相往来］"（王弼本八十章）；《庄子·天地》之"且夫失性有五：一曰五色乱目，使目不明；二曰五声乱耳，使耳不聪；

三曰五臭熏鼻，困惾中颡；四曰五味浊口，使口厉爽；五曰趣舍滑心，使性飞扬。此五者，皆生之害也"，与《老子》帛书之"五色使人目盲，驰骋田猎使人〔心发狂〕，难得之货使人之行妨，五味使人之口爽，五音使人之耳聋。是以圣人之治也，为腹不〔为目〕，故去此取彼"（王弼本十二章），实在很难断言究竟《老子》在先，抑或《庄子》相应段落在先。

三

《庄子》一书中，有关老子或老聃的段落很多，计《养生主》有"老聃死"，《德充符》有"鲁有兀者叔山无趾"，《应帝王》有"阳子居见老聃"，《在宥》有"崔瞿问于老聃曰"，《天地》有"夫子问于老聃曰"，《天道》有"孔子西藏书于周室"，"士成绮见老子而问曰"，《天运》有"孔子行年五十有一而不闻道"，"孔子见老聃而语仁义"，"孔子见老聃归"，"孔子谓老聃曰"，《田子方》有"孔子见老聃"，《知北游》有"孔子问于老聃曰"，《庚桑楚》有"老聃之役有庚桑楚者"，《则阳》有"柏矩学于老聃"，《寓言》有"阳子居南之沛"，《天下》有"以本为精"；此外《外物》尚有"老莱子之弟子出薪"。今本《老子》某些与《庄子》重复话语，就见于这些段落之中。《庄子》中之老子，本是一寓言人物，与那里的孔子、庄子本人，乃至许多稀奇古怪名字相当，我亦不把这些老子言论一概当真。不过可以由此得一启示，即当时（指一段时间之内）记载老子言论的文献或许不止三组楚简；例如《庄子》上述段落，亦未始不可视为有关老子的原始文本，假如它们出现在今本《老子》之前的话。如果把《庄子》与今本《老子》重复之处，全都指为取自《老子》，那么对此外这些为《老子》所不载的老子言论，又该是如何说法呢。

《庄子》上述章节中的老子，乃是一个复杂形象，有时是庄子及其后学的化身，所说与今本《老子》不无抵触之处，譬如《天运》之"使道而可献，则人莫不献之于其君；使道而可进，则人莫不进之于其亲；使道而可以告人，则人莫不告其兄弟；使道而可以与人，则人莫不与其子孙"，便与《老子》帛书之"故立天子，置三卿，虽有拱之璧以先驷马，不如坐而进此"（王弼本六十二章）不合。不过此一老子，更多时候还是后学之后学面目，抨击仁义尤为着力。如《在宥》云："昔者黄帝始以仁义撄人之心，尧舜于是乎股无胈，胫无毛，以养天下之形，愁其五藏以为仁义，矜其血气以规法度。"《天道》云："夫子亦放德而行，循道而趋，已至矣；又何偈偈乎揭仁义，若击鼓而求亡子焉。"《天运》云："夫仁义慏然乃愤吾心，乱莫大焉。"这样的话，不见于三组楚简，却与今本《老子》某些章节意思相符，譬如十九章之"绝仁弃义"，三十八章之"失德而后仁，失仁而后义"，皆是也。

论家指出，楚简与今本《老子》思想上的重要差别，是并不直接反对儒家的仁义学说。我联想到《庄子》中那个激烈攻击仁义的老子，颇有些怀疑在由楚简到今本亦即《老子》形成过程中，《庄子》某些章节（或者其所代表的思想）对于《老子》这一观念变化，可能起过一定作用。这里有个例子。《庄子·胠箧》说："故绝圣弃知，大盗乃止。"《在宥》也说："故曰'绝圣弃知而天下大治'。"后一段乃是引述老聃的话。而相当于王弼本《老子》十九章处，楚简乙作"绝智弃辩，民利百倍"，帛书却作"绝圣弃智，民利百倍"，意思颇为不同。其本诸《庄子》之语而修改乎。

我这么讲话，倒不是一口咬定今本《老子》出于《庄子》之后。如前所述，《庄子》并非一时一人之作，上述章节多系庄子后学之后学所作，未必早出；甫面世时，也未必就在《庄子》之列。其较早出者，或另有所本；较晚出者，或袭自今本《老子》较之楚简增出部分也未可知。《老子》增出部分或别有取材，其中不排除某些后来归属于《庄子》的章节。《老》、《庄》关系，可能比我们原来设想的要复杂得多，

绝非简单的《庄》本《老》，或《老》本《庄》，多半还是
在各自形成的过程中，互相有所影响。这里要强调的是，上
述抨击仁义的言论，于《庄子》是晚出，于《老子》亦为晚
出——以楚简比帛书《老子》可知，以"绝智弃辩"比"绝
圣弃智"可知，而凡此种种，皆不支持有一全本《老子》早
出之说也。

四

　　《韩非子》中有《解老》、《喻老》二篇。《解老》引文涉
及王弼本《老子》之三十八章、五十八章、五十九章、六十
章、四十六章、十四章、一章、五十章、六十七章、五十三
章和五十四章。《喻老》引文涉及王弼本《老子》之四十六
章、五十四章、二十六章、三十六章、六十三章、六十四
章、五十二章、七十一章、四十七章、四十一章、三十三章
和二十七章。其中四十六章、六十四章和六十三章见于楚简
甲，五十九章、四十一章、五十二章和五十四章见于楚简
乙，六十四章又见于楚简丙，其余各章则为楚简所无。二篇
所引《老子》之顺序，与楚简及帛书《老子》均不相同。

　　《解老》、《喻老》皆为摘句诠释，二篇之作者所见原本，
或许比所谈及的为多；但是也不排除另外一种可能，即其所

见只有这些，乃是不同于今本的另一《老子》前身。又王力指出："《解老》多精到语，《喻老》则粗浅而失玄旨，疑出二人手笔。"果然如此，则《解老》所"解"，与《喻老》所"喻"，依据又未必是同一种《老子》。

我们且将《解老》、《喻老》所引《老子》，与楚简及帛书《老子》作一比较。其中涉及相当于王弼本五十九章、四十一章和五十四章者，二篇之引文与楚简、帛书除个别字句外，基本一致，可以认为它们是一脉相承的。相当于王弼本六十四章部分，在楚简甲中分为互不相干的两段，故上文称作六十四章下段和六十四章上段，六十四章下段又见于楚简丙中。帛书甲、乙本，均合为一段。《喻老》有两段文字，含有该章引文，一为"其安易持，其未兆易谋"，一为"欲不欲，不贵难得之货"、"学不学，复归众人之所过"和"恃万物之自然而不敢为"，其间却隔着《老子》另外两章，显然所据原本不是一章。而这两段话，在楚简中正好分别属于不同段落。这说明《喻老》作者所见《老子》这一部分，大概与今本并不相同，而是类似楚简那个样子。

其他几章情况有所不同。相当于王弼本四十六章部分，帛书较之楚简甲，多出开头"天下有［道，却］走马以粪；天下无道，戎马生于郊"四句，而此四句，已见于《解老》、

《喻老》，又"罪莫大于可欲，祸莫大于不知足，咎莫憯于欲得"三句顺序，帛书同于《解老》、《喻老》，而楚简甲中，"咎莫憯乎欲得"在"祸莫大乎不知足"之前。相当于王弼本六十三章部分，帛书较之楚简甲，多出中间"多少，报怨以德。图难乎〔其易也，为大乎其细也〕。天下之难做于易，天下之大做于细。是以圣人终不为大，故能〔成其大。夫轻诺必寡信〕"数语，而"天下之难事必作于易，天下之大事必作于细"、"图难于其易，为大于其细"，均见《喻老》。《喻老》又有"圣人蚤从事焉"，为帛书所未见。相当于王弼本五十二章部分，帛书较之楚简乙，多出开头"天下有始，以为天下母。既得其母，以知其〔子〕；复守其母，没身不殆"和末尾"〔见〕小曰〔明〕，守柔曰强。用其光，复归其明，毋遗身殃，是谓袭常"数语，其中"见小曰明，守柔曰强"，见于《喻老》。这说明《解老》、《喻老》或其所依据的文本，可能也是今本《老子》的来源之一；在今本形成过程中，对楚简或许起过某种补充作用。

《解老》、《喻老》所据《老子》文本，时而与楚简相合，时而又不合，与今本六十四章下段重出于楚简甲和楚简丙中，似乎不无类似之处。可以想见在《老子》最终形成之前，不同时期出现的各种原始文本既各自独立，又从早出者有所取材的情况。而这仿佛也反映了某种演化进程。前述《庄子》与楚简和今本《老子》话语重复，亦未必不可作如此解释。今本《老子》很可能是综合三组楚简和其他原始文本而成。帛书《老子》实际上也显露出这一迹象：在相当于王弼本五十一章与十章，五十二章与五十六章，五十五章与三十章，五十六章与四章，六十四章与二十九章，七十七章与二章，二十四章与三十一章各部分之间，均有同文复出现象，而考察文意，又未必一定需要如此，很像是由不同来源撮合而成的。

楚简丙中有十四枚竹简，内容为今本《老子》所无，学者遂名之为《太一生水》，算是另外一篇文章。其实如果以三组楚简为《老子》前身，则其较之今本多出若干亦无不可。或许此"太一生水"云云，正与前述《喻老》之"圣人蚤从事焉"一语性质相当，亦为今本《老子》形成过程中所舍弃不用的罢。

除《解老》、《喻老》外，《韩非子·六微》、《六反》、《难三》，《吕氏春秋·贵公》、《制乐》、《大乐》、《乐成》、《君守》、《别类》，《战国策·齐策四》、《魏策一》等，均有与今本《老子》重复内容，或冠以"故曰"，或径自行文，个别亦见于楚简之中。这些段落大概与前述《庄子》与《老子》重复者类似，未必不是今本《老子》的某种来源。

五

如前所述，郭店楚简给我们的重要启示之一，在于《老子》形成经历了为时不短的过程。这样就又涉及《老子》的作者问题。司马迁《史记·老子韩非列传》所述凡三老子，其一李耳，字聃，早于孔子；其一老莱子，与孔子同时；其一太史儋，在孔子百余年后。关于相当于后世《老子》一书之写作，则云："老子修道德，其学以自隐无名为务。居周久之，见周之衰，乃遂去。至关，关令尹喜曰：'子将隐矣，强为我著书。'于是老子乃著书上下篇，言道德之意五千余言而去，莫知其所终。"且不理会这一写作经过有否实现之可能，单从"上下篇"及"言道德之意五千余言"看来，其所见者显系今本（甚至是帛书之后的本子）；如果认定《老子》并非一时完成，那么这段话便不是事实。至于三组楚简，其年代较之本传所载老子即李耳要晚得多，恐怕不宜与其直接建立联系。当然楚简未必就是最初文本，或许还有来源也未可知，果然如此，同时老子又确有其人的话，要说其间有何关系倒也不无可能，但是目前说这些都还只是揣测而已。至于把楚简或继乎其后的今本《老子》作者归之于太史儋，其实也是牵强附会的。

论家指出，《老子韩非列传》所述老子之事，如"周守藏室之史也"，袭自《庄子·天道》之"孔子西藏书于周室。子路谋曰：'由闻周之征藏史有老聃者，免而归居，夫子欲藏书，则试往因焉'"；而"孔子适周，将问礼于老子。老子曰：'子所言者，其人与骨皆已朽矣，独其言在耳。且君子得其时则驾，不得其时则蓬累而行。吾闻之，良贾深藏若虚。君子盛德，容貌若愚。去子之骄气与多欲，态色与淫志，是皆无益于子之身，吾所以告子，若是而已。'孔子去，谓弟子曰：'鸟吾知其能飞，鱼吾知其能游，兽吾知其能走。走者可以为罔，游者可以为纶，飞者可以为矰。至于龙吾不能知，其乘风云而上天。吾今日见老子，其犹龙邪'"，则本诸《庄子·外物》之"老莱子之弟子出薪，遇仲尼，反以告，曰：'有人于彼，修上而趋下，末偻而后耳，视若营四海，不知其谁氏之子。'老莱子曰：'是丘也。召而来。'仲尼至。曰：'丘，去汝躬矜与汝容知，斯为君子矣'"，与《天运》之"孔子见老聃归，三日不谈，弟子问曰：'夫子见老聃，亦将何规哉。'孔子曰：'吾乃今于是乎见龙。龙，合而成体，散而成章，乘云气而养乎阴阳。予口张而不能嗋，予又何规老聃哉'"。然而《庄子》"寓言十九"，所述老子事大多不能当真,《史记》因之成说,也就不能不打些折扣了。

在我看来,老子或许当初曾有此一人,孔子可能曾问礼于他,也可能没有这事;以后逐渐成为传说人物,他人立论,往往依托老子名字;而年代不同,内容也有差异,起先不反仁义,后又反对仁义,即其一例。《庄子》记载老子言论如此,《韩非子·解老》、《喻老》所依据者如此,今本《老子》也是如此。作为《老子》前身的三组楚简未著作者姓名,然而从《庄子》及其他著作引述情况看,至少后来也归在老子名下了。

六

我开始读《老子》,尚在读《庄子》之前。二十年前家母曾以苏体为我抄写过一遍,至今仍置诸案头。十五年前,我起念要把先秦诸子研习一遍,未读的读过,读过的重读,遂由打《庄子》起头,写了一本笔记,题曰“玩庄闲笔”,即为后来所著《樗下读庄》之雏形。接着便是《老子》,写了三五页即告中止——当时乃对其中意思觉得不大舒服,尤其是名为“道”,实为“术”的那一套,实在太过刻毒。虽然《老子》文章我是佩服的,五六年前还特地写了一篇《无情文章》加以讨论,后来收在《如面谈》里。我写《插花地册子》，把对我最有影响的散文归为"正"、"变"两路，"变"打头是《韩非子》，而《韩非子》显然得力于《老子》。《老子》不成就于一时，各章文笔亦有参差，最好的时候，真是干净利落，不留余地，但绝非写到满满当当，就像时下美文似的。相反《老子》很少形容，往往能够刻画得恰到好处。这里形容以"刻画"一词，最是合适不过，《老子》文章确有一种金石之美。说来《老子》书中绝少商量口吻，简直是说一不二，在他看来这世界没有或然，只有必然，他也拿这副态度对待他的文字。这恐怕一靠气魄，二靠功力，光是想着如何还是不成罢。

由于佩服文章的缘故，这些年来常常翻看《老子》，但是始终没有想过要专门写一本书。原因如前所述，一是有意回避它的意思，二是不知道该作何等评价。《老子》是中国文化重要原典，喜欢也好，反对也好，都是客观存在，抹杀不了；其中意思明明白白，又歪曲不得；而且自成一个整体，真要去其糟粕，取其精华，恐怕也没有那么容易，至少我是做不来的。现在偶有机缘，写成这本小书，也还是没怎么评价，当然这么一来，我之中意与否也就无所谓了。况且我想，《老子》这路意思，如果真实行起来，的确有些可怕，但是也不是什么人都做得来的，我怀疑大家多半没有他所要求的那份耐性。譬如："将欲歙之，必固张之；将欲弱之，必固强之；将欲废之，必固兴之；将欲夺之，必固与之，是谓微明。"（王弼本三十六章）对于一点亏都不吃的人，这种办法肯定没法采用。所以《老子》哲学到底在中国文化史和中国政治史上起过多大作用，实在也很难说。

也许更重要的影响是在另一方面。当《老子》讲"大曰逝，逝曰远，远曰反"（王弼本二十五章）和"反者道之动"（王弼本四十章）时，其中隐含一个时间概念，即"我"必须有足够的剩余生命，等待这一终将有利于自己的过程自行完成，否则"弱者道之用"（同上）就落空了。《老子》之所以很重视"身"，原因大概就在这里。所以这一哲学的根本，在于"活着"，乃是一种现世哲学。这与孔孟之儒家，韩非之法家，甚至庄子之道家，正是一致的。我想在这一方面，它们共同塑造了中国文化的基本精神。虽然在别处他们又何等不同：孔孟相信有社会终极价值存在，老韩根本不承认，庄子则以为终极价值在于自己。

我写这本书，其意不在评价，甚至不想引申发挥，那么还能说些什么呢。过去闲翻《老子》，每逢不解，辄尔略过，这回于此等处，皆花费不小心思，说句老实话，也不过是弄明白了而已。我所写的就是这一经历。对我来说，这样的收获胜于一切议论，一切评价。没搞清楚就在那里瞎说，为我素不喜欢。我自己只是普通读者，如果将心比心，那么一个读者所真正需要的恐怕也无过于此了罢。

此番读了郭店楚简，帛书《老子》甲、乙本，王弼《老子道德经注》，以及历代的几十种《老子》注本。虽然帛书早出，楚简更早，但是要说最好的本子，恐怕还得数王弼本，因此拿它当作底本，参校以其他各本，包括帛书在内。两种帛书均不分章，其先后次序有不同于王弼本处，却要比王弼本合理，也就据此予以调整。但是帛书先"德经"，后"道经"，却没有照样采用。马叙伦《老子校诂》、奚侗《老子集解》、高亨《老子正诂》等，对《老子》字句做过不少订正工作，虽然不一定为后出土的帛书所支持，但是帛书乃至更早的楚简未必就没有错讹之处，故我仍然择善而从。还未动笔之前，就拟定题为《老子演义》。《现代汉语词典》将"演义"释为"敷陈义理而加以引申"，我虽然不曾引申，敷陈却是难免，所以还是这个出典。

末了找补一句，我在这里一再讲《老子》如何，《老子》思想如何，原本是针对帛书以后即已经基本完成了的《老子》说的，然而又强调《老子》形成经历一个过程，其间似有自相矛盾之处。这也是没有法子的事。不过我读《庄子·天下》，发现那里讲到老聃，也是以今本《老子》为依据的，若拿楚简求之则多半没有着落，那么就姑且搪塞说早有先例罢。

二〇〇一年八月二日

★《老子演义》，江西教育出版社二〇〇一年十二月出版。

《老子演义》新版后记

　　《老子演义》出版在五年前，这回重印，只改正若干错字，又补上八十一章漏印的一小段话，此外未作增删。唯一章"道可道，非常道；名可名，非常名"，解释或嫌不详，且添说几句。自王弼倡言："可道之道，可名之名，指事造形，非其常也。故不可道，不可名也。"论家多因循之。我则以"道可道，非常道"实为假设复句（"如果……就……"），"名可名，非常名"实为因果复句（"因为……所以……"），故有"常道"，无"常名"；名不可恃，道为根本。细研《老子》，当知此说不妄。如三十二章云："道常，无名，朴。"三十七章云："道常，无为而无不为。""常道"乃《老子》固有概念，"常名"则非是。书中每言及"名"，均在认识或表象层次，不在本质层次，即不"常"也。更标举"无名"以形容"道"，前引三十二章如是，三十七章亦云："吾将镇之以无名之朴；镇之以无名之朴，夫亦将无欲。"又四十章（王弼本四十一章）云："道隐无名。"一章下文"无名，万物之

始；有名，万物之母"，"无名"然后"有名"，"名"非始
终存在，即否定"常名"也。回到"道可道，非常道；名可
名，非常名"，二句实非并列关系；"名可名，非常名"说的
乃是"道可道"后面那个"道"字。"可道"，即"名"也。
十四章："视之不见名曰夷，听之不闻名曰希，搏之不得名曰
微；此三者不可致诘，故混而为一。其上不皦，其下不昧，
绳绳不可名，复归于无物，是谓无状之状，无物之象，是谓
恍惚。"二十五章："吾不知其名，字之曰道，强为之名曰
大。"皆谓道不可道，不得已勉强名之。

二〇〇六年九月七日

★《老子演义》，中华书局二〇〇七年三月出版。

《老子演义》题记

　　十年前曾致友人谢其章君一信，收在《远书》里，其中有云："我自忖骨子里近法，希望是儒，平日行事则似道。"这是我讲过的最接近"自白"的话了，解释起来却要费些口舌。这里后两方面可以说是学习得来，整整三十年前我发愿遍读传说先秦诸书，《庄子》、《老子》、《孟子》、《墨子》、《荀子》、《韩非子》、《管子》、《商君书》、《吕氏春秋》、《晏子春秋》，再加上此前用过点功的《论语》、《公孙龙子》和《孙子》，是为一路；《左传》、《国语》、《战国策》，是为一路；《诗经》、《楚辞》，又是一路。此外还读了《易经》、《易传》和《礼记》。收获便是来自孔、庄两家的影响，已写成《樗下读庄》一书，另写有关于《论语》的笔记若干万字，尚待整理。但是身上的法家气却不是由读《老子》、《韩非子》来的，若说受影响可能还是因为读了鲁迅的作品，盖在我看来他最得老、韩的真传了；再就是自个儿少年和青年时代的境遇使然。——我讲这些，是说我读《老子》、《韩非子》

真乃心有戚戚焉，能够体会就中深意，是以我对拙著《老子演义》多少有点自信。附带强调一句：《老子》一定要通读全部八十一章才行，不然无法弄清其真正说的是什么。我又以为《韩非子》上承《老子》且发扬光大，不仅《解老》、《喻老》二篇，整部书都是如此，可惜我今生没有精力与时间写一本关于《韩非子》的书了。但我总是认真读过，而且懂得，这也就够了。话说至此，想起有论家尝有批评云"旧书读的少"，其实读书正有如存钱，是多是少自家知道就行，旁人若嫌你穷岂非好事，要说"不怕贼偷，就怕贼惦记"未免言重，但以《庄子·天道》"子呼我牛也而谓之牛，呼我马也而谓之马"解嘲可也。

二〇一六年十二月二日

★《老子演义》，山东画报出版社二〇一七年四月出版。

《苦雨斋识小》序

　　我读周作人的著作，始于十五年前，对建立自己的散文美学观念有大用处，此外也关乎思想问题，不过这里不想谈论自己，所以不提。然而关于别人——我指的是周作人——我也未必就有很多话要说。这个话题既涉及文，又涉及人，老实讲我对后一方面了解得不够充分，有些事情的起因还不明白，所以过去没有议论，现在也还不能议论。他的文章则通读过几遍，连同集外文在内；然而迄今为止，都还只是为的整理出版他的译著连带说几句闲话。专门写文章，好比正经搞研究，我目前尚且没有这个本事。

　　从前我说："关于周作人，我总觉得大家无论要说什么，都先得把他所写的书和所译的书读过才行，而目前最欠缺的还在这些著作的整理和出版方面。"将近十年来，自己所花的一点工夫就在这儿。主要是两件事：一是把周氏亲手编的各种集子重新校订一过；一是把他的译著凡是能够找到手稿的，都依照原来样子出版——据我所知，五十年代以来出的那些，被删改得太厉害了。其余日记、书信、集外文等，自有他人收集整理，我只当个读者就是了。这里前一件叫"周作人自编文集"，已经做完，其中《知堂回想录》系据作者手稿复印件整理，订正印本错漏删改之处数以千计，自以为颇有意义；又《老虎桥杂诗》选择谷林抄本为底本，也不无特殊价值。后一件叫"苦雨斋译丛"，才完成了一部分，具体工作都是请译者家属做的，已出版之九册十种，除《财神·希腊拟曲》外均依原稿印行，而《希腊神话》还是未刊之作，这都是值得一提的。如果说由此提供了一套可靠版本，今后研究者可以利用，那么我就心满意足了。今后如有机会，还想把这件事继续干下去，特别是《欧里庇得斯悲剧集》和《路吉阿诺斯对话集》有待重新出版。我从一九七二年开始学习写作，跟文学打交道已近三十年，其间重新校订《知堂回想录》，首次出版周译《希腊神话》，以及首次出版废名著《阿赖耶识论》，也不能说是徒劳无功了罢。

这么讲话可能过于冠冕堂皇，其实我张罗出版这些书，也有很实在的个人目的，就是希望敞书柜里能摆上一套，自己读着方便。我只是个普通读者，这里也不例外。当然整理过程本身就是在阅读，有的时候（如前述《希腊神话》、《知堂回想录》和《老虎桥杂诗》）还是"先睹为快"。至于最早出版的《周作人晚期散文选》，乃是练习之作，编选功夫最为不济，不过我编这书时自己动手抄了十几万字（其余是母亲代抄的），得以细细体会周氏行文习惯，也是一种收获。

相比之下，我所发议论的分量就要差得远了，虽然原本并没有议论很多。从前为编选的《周作人晚期散文选》、《关于鲁迅》写过后记，为校订的《艺术与生活》写过前言，两辑"苦雨斋译丛"也都作有总序，分别编进拙著《如面谈》和《六丑笔记》中，这里不再重复收录。去年整理"周作人自编文集"，把他的文章反复看过，随时有些零碎感想，春节前后偶有机缘，以书为题，写得三十六篇小文，编成这本小册子。文章都很简短，也缺乏系统。不妨一并说一句：在我看来，周作人作为这些书的作者，始终是一个自由主义者，一个人道主义者和一个文化批判者，这是三位一体、互相关联的，而其毕生工作，又以对中国传统文化的系统鉴别批判最为重要；他的创作生涯共总可以分为三期，分别以三十年代初和四十年代中为界限，以这里所谈及的各书（并不完全依照出版顺序）而论，则《欧洲文学史》起为前期，《夜读抄》起为中期，《老虎桥杂诗》起为晚期，各期自有特色，以个人口味论，最喜欢的是中期之作。现在所能讲的就是这些，以后倘有心得，再来报告。此外有几篇近似考据之作，讨论若干零碎问题，兹列为外编，附在后面。

书编得了，还要取个名字，好像叫什么"书话"最容易了，但我素不喜欢这说法，觉得乃是出于后人杜撰；知堂翁称作"读书录"，或"看书偶记"，倒更为贴切。不过我想也不妨题为《苦雨斋书话》——不是"苦雨斋"的"书话"，那早已有人汇编出版了；而是关于"苦雨斋书"的"话"，乃是我所写的，也就是说，不是"书话"，是"书"的"话"。但朋友说这略有捣乱的意思，就放弃了。末了想起《论语·子张》里子贡说的"贤者识其大者，不贤者识其小者"，遂取名《苦雨斋识小》。我承认自己在这方面是不贤者，然而不贤者能识其小，不亦有些贤乎。

二〇〇一年四月十五日

《苦雨斋识小》后记

《苦雨斋识小》一稿，久藏箧底，近日始谋付梓。自忖不无小小心得，唯关于外编之《老虎桥杂诗与知堂杂诗抄》，须得补充说明几句。

今年秋末，承蒙周作人儿媳张菼芳女士告知，已发现《老虎桥杂诗》部分原稿，不久又寄下复印件一份。稿本线装一册，共六十一页。前有目录，以下依次为《忠舍杂诗》、《往昔》、《丙戌岁暮杂诗》、《丁亥暑中杂诗》、《儿童杂事诗》、《杂诗题记》和《炮局杂诗》，后二者目录未列，另列有"题画诗九十四首"，注云"未入此册"，该部分已佚。目录背页有补写之数行文字云：

"《忠舍杂诗》悉拟删去，唯增补一首系一九四九年一月廿六日去老虎桥时所作，题曰《拟题壁》，有序云拟题者未题也。其诗虽有失温柔敦厚之意，然不忍舍去因录于此，其中使用字谜，亦打油本色也，然自此诗以后余遂绝笔不作打油诗了。诗曰，一千一百五十日，且作浮屠学闭关，今日出门桥上望，菰蒲零落满溪间。知堂。"

然而正文之中，《忠舍杂诗》仍在，唯裁掉《感逝诗》一组，注明"感逝诗四首并删去"，以下重新抄写。目录中"忠舍杂诗"亦由"二十首增补一首"涂改为"十六首增补一首"。查谷林抄本，则全数俱在，可知此番删节，乃在出借稿本给孙伏园之后。其余各辑篇目与谷林抄本相同。

检读一过，可以确认这是《老虎桥杂诗》底稿，大约我在《老虎桥杂诗与知堂杂诗抄》所述后来各种抄本，皆由此出。其中颇有增补修改字迹，多为注释，个别亦涉及诗作本身。修改后的《儿童杂事诗》，与坊间影印之一九六六年八月十四日手写本无甚区别。最值得注意的是对《往昔》与《丁亥暑中杂诗》的增改，均写于书眉，计前者二十三条，后者三条。《丁亥暑中杂诗·乞食》眉批乃唯一注明时间者，为"六六年八月四日"。这里有些内容已体现于谷林抄本，有些则没有，想必亦系后来添写。可惜整理出版《老虎桥杂诗》时，未及见此稿本，不然据以校订，俾可体现老人之最后想法了。

世间既有《老虎桥杂诗》部分底稿在，回过头去看拙作《老虎桥杂诗与知堂杂诗抄》一文，某些推测未免多余。然则仍不愿轻易舍弃，盖当初一番空自摸索亦不无趣味也。无论如何，周氏诗稿发现颇可欢喜，至此一桩公案差不多算是弄明白了。

二〇〇一年十二月九日

★《苦雨斋识小》，东方出版社二〇〇二年三月出版。

《沽酌集》序

　　"沽"，买酒也；"酌"，饮酒也。我取这个题目，好像做了酒鬼似的，其实不然。打个比方罢了。平生兴趣甚少，烟酒茶均不沾，也不喜欢什么运动，只买些书来读；但我觉得就中意味，与沽酒自酌约略相近。若说不足与外人道未免夸张，总之是自得其乐。至于偶尔写写文章，到底还是余绪，好比闲记酒账而已。

　　我学习写作不过十年光景，产量不算太多，大致分为两类：其一是"书"，都是专门写的；其一是"文"，写的时候没有计划，凑够一定数量就编本集子。前此的《樗下随笔》、《如面谈》和《六丑笔记》均是这样，这本《沽酌集》也不例外。所写的文章大多与书有关，或是书评，或是因读书而起的感想。写前两本集子时，读什么书都是自己定的，这几年略有不同，倒也没有多大区别，因为自有一条底线在，盖非什么书都肯读，什么话都能说也。前述书评与感想好像是两路文章，其实相去不远，譬如这里的《谈抄书》换个题目，叫作《读〈夜读抄〉》或《读〈苦竹杂记〉》亦无不可。而我写的书评，也从来不死死扣住一个题目说话。

收入本书的文章皆为二〇〇〇年一月以来所作，编定之前就讲好要归入一套丛书，记得是"好书六十种"之类，我不知道这名目后来改了没有，这里还是声明几句为妥。首先"好"字如果读如四声，那么我的确是"好书"的，所以前半句就讲得通，至于所谈及的书则有好有坏，或不好不坏。但是我说好说坏，别人未必赞同，就像我也未必赞同别人一样。现在只能在所读书的范围之内，挑一些来谈谈感想，如此而已。根本没有推荐书目的意思，实话说干不了，也不愿意干。末了只剩下"六十种"了，如前所述，文章有的是围绕一本书写的，有的不是，我不清楚是否合乎这个数目，如果把集子里提到的书名统计一下，恐怕只多不少罢。

我迄今所写与书有关的文章不下二百篇，似乎可以趁此机会讲几句总结的话。第一，所谈论的书无拘长短，至少通读过一遍，乃至一遍以上。我知道这是我的笨拙之处，但是我写文章总有点儿害怕，觉得世上自有明眼人，所以向来不敢取巧。附带说一句，若以"看"而不是以"写"而言，我自己倒算得上是明眼人了，读到别人写的书评，有没有读过那书，简直洞若观火。第二，写一篇文章之前，总要给可能存在的读者先定个位，那么至少可以分为两种，其一没有读过这书，其一读过这书。对不同的人就要说不同的话，一是介绍，一是议论。对后一类读者没有必要从零谈起，否则不仅多余，也嫌不够尊重。我所写的，几乎都是后一类文章。第三，我小时候无书可读，找到什么就看什么；后来上大学没念过文科，要说损失只有一件，便是得不到系统读书的机会。所以现在写书评，只能谈感想，不能作评论，因为参照系数不够。感想当然也是一种评论，但是没那么严肃，也不求全面。换句话说，既不"定性"，又不"定位"。

我没有受过文科教育，不知道书评写法有无规矩，自己胡乱写了好多，不免造次。不过辩解的话也不是没有。说句老实话，我压根儿没打算就书论书，不过由此寻个由头，说些自己的话罢了。虽然重要的并不是说什么，而是不说什么。其实对待一本书，如同对待古往今来一切事情一样，我所能做到的只有一点，就是不妄言。大洪兄前些时说："一件事情发生了，先看事实究竟如何；事实或者不能明了，可依常识加以估量；常识或者不尽够用，可据逻辑加以推断。"妄的对面是信，抱定他这态度，于是信而不妄。我们都是学科学出身，理应如此，不可意气用事。现在文章是一篇篇写的，吾道则一以贯之。即便不写文章，我也是这么个看法。

孔子云："友直，友谅，友多闻，益矣。"（《论语·季氏》）我认识大洪兄将近二十年，直，谅，多闻，兼而得之，获益良多，是乃人生得一知己足矣。

二〇〇一年六月七日

《沽酌集》后记

　　集中有篇《我的"读图时代"》，原是一时消遣之作，没想到我的"读图时代"真的到来了——这本集子居然也要配图，而这恰恰是我在前述文章中曾经讥诮过的。我想大概用不着辩解地说"此一时也，彼一时也"，还是尽量把"配图"挑拣得接近于"插图"为宜罢。末了也只有为这一篇所配几幅勉强够格，其余都不无凑数之嫌。不过得以选取文学史上若干素所心仪的人物的造像或照片，好像也有点儿意思；虽然为文章内容所限，尚有不少未能列入。此外还有些手迹、书影，也是平时常常把玩的，趁此机会公之于天下同好，斯亦一乐事也。

二〇〇一年八月十八日

★《沽酌集》，北岳文艺出版社二〇〇二年五月出版。

《沽酌集》修订版序

从前我写过一篇《四十不惑》，当时还不到那岁数；如今年满五十，可以谈谈"五十而知天命"了。《论语》里另有两处讲到"五十"，一处讲到"天命"。《述而》："子曰：'加我数年，五十以学易，可以无大过矣。'"《子罕》："子曰：'后生可畏，焉知来者之不如今也。四十五十而无闻焉，斯亦不足畏也已。'"《季氏》："孔子曰：'君子有三畏：畏天命，畏大人，畏圣人之言。小人不知天命而不畏也，狎大人，侮圣人之言。'"合而观之，大约可知"五十而知天命"之意。盖君子"畏天命"，"小人不知天命而不畏也"，是"知天命"落实于"畏天命"，由此"可以无大过矣"，此即孔子"学易"之用心所在。然而，若"畏"了以后什么都不做，落得"四十五十而无闻焉"，亦为孔子所看不入眼。是以"五十而知天命"应该是有所为，有所不为，"知"即明白其间区别也。

还可看看《论语》他处所说。《宪问》："公伯寮愬子路于季孙，子服景伯以告，曰：'夫子固有惑志于公伯寮，吾力犹能肆诸市朝。'子曰：'道之将行也与，命也。道之将废也与，命也。公伯寮其如命何。'"《子罕》："子畏于匡，曰：'文王既没，文不在兹乎。天之将丧斯文也，后死者不得与于斯文也；天之未丧斯文也，匡人其如予何。'"《述而》："子曰：'天生德于予，桓魋其如予何。'"这里"天"、"命"均同"天命"。一云"其如命何"，是人不胜天；一云"其如予何"，是天命授人，仍系前述之有所不为与有所为也。后一方面，有如刘宝楠《论语正义》所云："天命者，《说文》云：'命，使也。'言天使己如此也。""五十而知天命"乃接续"三十而立"、"四十而不惑"而言。我曾说，"三十而立"是知道了什么该做，"四十而不惑"是知道了什么不该做。这样一反一正的意思，体现于孔子整个人生自述之中。"五十而知天命"则深入一层，归于使命或命运。及至"七十而从心所欲不逾矩"，说来亦不离此。

孔子讲"加我数年，五十以学易，可以无大过矣"时，还没活到"五十而知天命"；《淮南子·原道训》载"蘧伯玉年五十而有四十九年非"，好像正与孔子的话对应而言。五十岁前那样期待，五十岁时这般反思，不该做的是否没做，应该做的是否做了，于此回顾之际，明明白白。我心仪古人，当初做不到"五十以学易，可以无大过矣"，现在却可说"年五十而有四十九年非"。趁《沽酽集》交稿之际，略陈此意，权当我的"五十自述"。

此书先头出过一版，但好像没怎么发行，印得又不成样子，送朋友都拿不出手。这回得以重印，我删去几篇，其余略有修改，再补上一点新的，仍用原来题目。这些天我翻看谷林先生从前给我的信，其中说："至于你为新作所定的那个集名，我用乡音念去，近似'叽咕'，便联想到'沽酒市脯不食'的夫子之言来。我们对于老夫子未必视若圣明，但也断不愿与之'对着干'，而足下自斟独酌，细加品味，岂非有点乐此不疲的模样？"先生已归道山，录此一节，以为纪念。

二〇〇九年二月二十七日

★《沽酽集》（修订版），岳麓书社二〇〇九年十一月出版。

《向隅编》序

　　多年前读刘向《说苑》,《贵德》篇云:"今有满堂饮酒者,有一人独索然向隅而泣,则一堂之人皆不乐矣。"一时颇生感慨。以后回想起来,不知道当初何以如此。先来声明一句,这个向隅而泣的人并不是我。我没有这么委屈,也不打算过分扫大家的兴;偶尔逢场作戏,跟着别人喝上两杯亦无所谓,虽然未必清楚究竟凑在一起乐和什么;实在不情愿呢,自个儿悄悄走开就是了。

　　小时候我一度动辄就哭,总觉得心中不平;那是"文革"初起,家境困难,家里人抱怨说都让我给哭穷了。也许所以留意向隅而泣,能够在童年记忆中找到这么一点依据。然而久矣夫我已不再多愁善感了。除了偶尔——多半是谈及历史上一些人和事时——有所感动外,说是超脱也罢,说是冷漠也罢,反正现在我就是这个样子。所写文章,多少也有所体现。辩解的话,可以说感性之外别有知性,亦不失为与世界打交道的途径之一;不过我与抒情一派乃为隔教,却是显而易见的了。

究其缘由，年齿渐长，阅历略增，或为其一；另外可能也与大学念的医科，又当过医生有关。医生往往被称颂为救死扶伤，然则此系职业所在；其实对于人间种种病痛，他倒是见怪不怪，不会感情用事。身兼医生、作家二职者如契诃夫、塞利纳，作品尤为冷静清醒，即是医生习性使然。当然还可以提到鲁迅，可他在仙台医专才一年半，基础课尚未学完，大概不曾接触病人；其冷峻深刻之处，或许另有主要原因。我讲这个，并非要引大师以自重，而是惋惜自己的情感生涯过早结束，有所失而无所得也。

中国的章回小说，《老残游记》尤为我所钟爱，曾经一读再读。开头那篇自叙，我却不很喜欢。其中特别标举哭泣，推为人类灵性的表现。有云："哭泣计有两类：一为有力类，一为无力类。痴儿骏女，失果则啼，遗簪亦泣，此为无力类之哭泣；城崩杞妇之哭，竹染湘妃之泪，此有力类之哭泣也。有力类之哭泣又分两种：以哭泣为哭泣者，其力尚弱；不以哭泣为哭泣者，其力甚劲，其行乃弥远也。"这话倒可自成一说，如果把哭泣理解为情感投入的话；然而无论如何，我还是替子政笔下向隅而泣之人，以及自己打抱不平。按照这种分法，该人之哭泣，不是"无力"，就是"其力尚弱"；至于我等，则将摈于人类灵性之外矣。世人别种情况，作者却未道及，譬如滥抒情，青春气，浮躁夸饰，渲染造作，等等。也许铁云眼界自高，觉得不值一提。本诸宁缺毋滥之义，自忖较之若辈犹胜一筹也。

在《说苑》的记载中，如果可以分开一说，我对"向隅"比对"泣"更其关注。我哥哥建文十五岁下乡，以后寄来一帧共同插队的学生合影，大家都面对镜头，唯独他站在末排一侧，目光朝向旁边。这照片给我留下很深印象，其意趣正与"向隅"相仿佛。哥哥至为聪慧，又较孤僻，二十三年前离家出走，杳无音信。我曾写过《我的哥哥》一篇，略述其事。时至今日，我仍不明白他何以下此决心。但是那照片上他的神情，似乎提前透露一点信息，只是我们一向未能理解。他出走是在天亮之前，当时母亲和我都还睡着；假如有人醒了，极力加以挽留，他是否断绝此念，我也不敢肯定。哥哥是对人世加以拒绝的人，就像刘向所写的那位一样；至于为何非要拒绝不可，我想这是尚且恋恋不舍的我们所难以真正理解的。

前已言明，我并不曾向隅而泣，但是总归不能忘怀那人，以及类似的人，觉得深可体谅同情。此番编订新作，偶然想起这事，略述感想，权当一篇序言，并以"向隅编"

命名吾集。盖本书以闲适题目居多，目之为"向隅"亦无不可，虽然并不怎么严重耳。复阅刘著，"一堂之人皆不乐矣"，这情景不无尴尬，却也令人感动，至少比满座照样乐个不休，多些人情味儿罢。虽然向隅而泣者或许无须他人慰藉，他人亦不必勉强使其破涕为笑也。

二〇〇二年二月二十五日

《向隅编》后记

这些年里写了若干文章，已结集的有《樗下随笔》等四种，《向隅编》所收，则均系去年八月以后所作。另外还有几本专门的书，所谈似乎稍稍深入，不过限定在素所用心的少数题目之内，譬如庄子、知堂，等等。其实即便写此类小文，我也不敢乱跑野马，范围仍然相当狭隘。这或许为关心我的读者所不满，但自己的园地只有这般大小，实在没有法子；与其讲一知半解的话，不如干脆闭口不谈。

一知半解这话，平常讲得顺嘴，并未多加留意。日前偶然想到，说"一"说"半"，好像锱铢计较似的，当有一番道理。我不清楚确切出处，《沧浪诗话》云："然悟有浅深，有分限，有透彻之悟，有但得一知半解之悟。"是以一知半解，乃系针对透彻而言。透彻即详尽深入，涵盖知与解两方面；"一知"才得其中一成，"半解"又只有一成之半，真是差得远了。此乃一时胡思乱想，却未必完全不着边际。至少算是知道一点深浅罢。

一知半解不无贬义，但是并不一概成为问题，譬如涉及与我无关，或者我不关心的领域，恐怕不仅足够，甚至未免多余了。即便在与我有关，而我也关心的范围内，假若闭口不言，那么也无所谓。怕的是把一知半解错当成透彻，据以发言立论。一知半解者往往不知道自己一知半解，所以才会一知半解。回过头去看严羽的话，悟得"悟有浅深，有分限"，即是悟了。如今有个流行说法叫"无知者无畏"，真若无知，所"无"的正是分辨一知半解与透彻之"知"。明了其间区别，也就不算无知。如此恐怕便不至于"无畏"，而是有所畏惧了。一知半解所应该畏惧的，正是透彻。

我读书多年，无非杂览而已，缺乏方向。若只当个读者，倒也平安无事，麻烦的是后来要写文章。我干这行是半路出家，毫无功底可言，世间果有明眼人，怕要看出破绽。不过光害怕也不行，还得想点办法应付。办法有二：一曰藏拙，凡一知半解乃至根本不懂者，自认外行，三缄其口；一曰补拙，多下一点功夫，争取比一知半解稍强一点儿，然后再来说话。外行的唯一问题在于他把自己当成内行了，结果自讨苦吃。而依照前述对一知半解的解释，解犹难于知；反过来讲，也就是知道得多，才能理解得深。详尽深入或者力所不及，"知"由"一"而"二""三"，而"四""五"，尚有可能；苟能如此，依照此中比例，"解"亦可以较之"半"增添一些了。

孔子云："知之为知之，不知为不知，是知也。"（《论语·为政》）这句话真要落实并不容易。比起"不知为不知"，"知之为知之"更难，因为可能原本"不知"，自己却以为是"知之"。或许孔子是说，真正的知在于区分知与不知。我们把一知半解与透彻置诸两极，然而或许确认得了一知半解，确认不了透彻。那么将二者区分开来的企图也就落空了，末了还是一知半解。这也就是我向来喜欢用"或者"、"也许"、"大概"、"可能"这类词儿的原因，至少自己感到稳妥一些。记得《樗下随笔》刚编定时，尚且没有名字，亡友苇岸给代拟了一个"必要的文字"，我未假思索，赶忙谢绝。我说，若叫作"不必要的文字"还差不多。说来现在还是如此想法。

末了补充一句，我讲不说一知半解的话，或者一知半解就不说话，并不是宣布一向所说的就都是透彻的了。在一知半解与透彻之间，尚有很长一段距离，其中大部分区域，通常视为平庸。我很怀疑自己努力避免一知半解，不过仅仅达到平庸而已。这是我深以为悲哀，而又无可奈何的。我有心从事文学之道，迄今已整整三十年了，近来颇有点儿怀疑是否走错门路；果然如此，则为此所放弃者多多，再加上这若干光阴，岂不太可惜了么。

【附记】

去秋写毕《老子演义》后，所拟几个题目，如现代散文史和唐诗感官审美研究等，一时均不能完成，虽然准备的功夫花了不少。结果一年多里只写随笔，共得七十余篇。此番抽去部分读书之作，将来另做打算。留下这些似乎稍为匀称，正好编作一集。又闻有以"枯"字评骘拙文者，类乎孔子所谓"质胜文则野"；我自知做不到"文质彬彬"，一向怕的却是"文胜质则史"。此老复云："奢则不孙，俭则固；与其不孙也，宁固。"（《论语·述而》）"史"即"不孙"；这样"胜"——或用"剩"字更其恰当——出之"文"，最是要不得了。盖此甚易，然则"夫子不为也"。

二〇〇二年十一月二十一日

★《向隅编》，春风文艺出版社二〇〇三年一月出版。

《向隅编》修订版后记

　　从《樗下随笔》算起，二十年过去了，其间随笔集出了十几种，均为写够一定字数即凑成一册，内容不免芜杂，唯独这本《向隅编》有点特殊，多为闲适之作。现在重读一过，有几篇意思已经不大，遂顺手删去，剩下的也未必有多精彩，但说实话如今我很难再写得出来。特别是就中谈成语的那一小束，有朋友看了曾略显兴奋地要我一鼓作气写本小书，可不记得是什么事儿打岔，只写了六篇就收手了，尽管拟定的题目还有不少。假如当初按他所说的都写出来，大概并不怎么困难，那么兴许还真是个东西。对此无妨感慨"甚矣吾衰矣"，但亦可说"此一时也，彼一时也"，反正都无所谓。无论如何，这本书得以重新面世，在我总归是件好事。

二〇一五年二月二十六日

★《向隅编》（修订版），中央编译出版社二〇一五年八月出版。

《怀沙集》题记

我一直打算出版一本《怀沙集》——收入什么文章倒无所谓，单单为的这个题目。这当然首先让人想到楚辞同名之作，不过原本不敢攀附，我也绝无自沉之念，况且一向不大喜欢《怀沙》的意思。其中好像太多抱怨，也就未免对现实太过期待了。我承认不是这一路人，虽然并非不问世事。那么何以要取名"怀沙"呢。我的想法很朴素，乃是借此表达对父亲沙鸥先生的一点怀念。父亲是诗人，去世于今已经六年多了。他一度仿佛写《怀沙》的屈子；及至最后作《寻人记》，却转为关注人生，沉郁顿挫，感慨极深，虽然说来也是"舒忧娱哀兮，限之以大故"——讲到这里，我忽然觉得对两千年前徘徊于汨罗之滨的诗人不无理解，盖人之将死，其言也哀也。

二○○一年三月十六日

★《怀沙集》，台湾三民书局二○○三年二月出版。

《传奇人物图赞》小引

我是一个"张迷"，但我是"旁观者清"的"迷"。觉得张爱玲的《传奇》等，诚为中国小说登峰造极之作——在她之前有鲁迅，之后好像就没有什么人了；她的《流言》在中国散文中也当名列前茅，然而一向对此很少发表议论。去年万燕兄过访，谈及张爱玲颇多画作，却从未收集成书；我想这倒也有意思，于是议定合写一本《张爱玲画话》。万燕兄乃张爱玲研究专家，所著《海上花开又花落》我亦曾拜读；《画话》一应资料，也是她搜集的多，我提供的少，总之很沾了些光。至于所说"这本书，我和止庵谁离了对方，都可以做"，于她是句实话，于我倒也未必。不过人海茫茫，彼此所好相同，殆是缘分使然。此番合作很愉快，或亦不无成功之处。

却说《传奇》所收小说在杂志上发表时，张爱玲共为八篇绘有插图，依次为《茉莉香片》、《心经》、《倾城之恋》、《琉璃瓦》、《金锁记》、《年青的时候》、《花凋》和《红玫瑰与白玫瑰》。其中体现作者对于人物的某种把握，或有超出文字表述者，似乎未曾为论家所特别留意。现在就来谈谈看法。当然我并不认为这八篇都是作者最佳作品，此外所特别中意的还多；然而写的乃是"图赞"，只能限定在此范围之内，别的只好另找机会谈了。又《传奇》一书五十年代在香港重印，已改名《张爱玲短篇小说集》；以后皇冠出版社推出《张爱玲全集》，又分为《倾城之恋》和《第一炉香》两册。这里仍袭用旧日书名，引文则据一九四六年十一月上海山河图书公司《传奇》增订本录出。

《茉莉香片》等篇，过去读过不止一遍，这回又都细细读过。一总有些印象，不妨趁便一谈。张爱玲的小说布局精巧，构思谨严，任你如何推敲，总归滴水不漏。而她驾驭语言真是得心应手，繁则极尽秾艳，简则极尽洗练，一律应付自如。张爱玲一并展示了中国小说和中文最美的收获，与一般有心无力或有力无心者，殊不可同日而语。论家每以题材渺小或狭隘为由，轻言她不够伟大，实为皮毛之见。无拘什么题材，全都有待开掘；伟大不在表面，在于对人性更深层次的揭示，而张爱玲把人性的善与恶都刻画到了极致。以此而论，还得服膺胡兰成从前所言："鲁迅之后有她。她是个伟大的寻求者。"至于或嫌她未曾展现理想，塑造英雄，岂不知伟大深刻之处正在于此。张爱玲非但没有受到时代局限，反而超越了所处时代——她无非不骗自己，也不骗别人罢了。

一九四四年四月《杂志》第十三卷一期，刊有《女作家聚谈会》一文，载吴江枫问："张爱玲女士的小说都是自制插图的，非常精美，不知张女士对于小说中的插图有什么意见？又喜欢哪一位画家的插图？"张爱玲答："小说中的插图，我最喜欢窦宗淦先生的。普通一般的插图，力求其美的，便像广告图，力求其丑的，也并不一定就成为漫画。但是，能够吸引读者的注意力，也就达到一部分的目的了。"那么她所画插图是为既不美化，又不丑化，力求其真的一路。所说"能够吸引读者的注意力"，单就艺术手段而言，旨在强调小说某些内容，尤其是人物形象特征。由此亦可得知，形象描写作为她塑造人物之重要手段，具有特别意义。张爱玲所写所绘，一概烂熟于心，显出揣摩功夫非同一般；绘画技巧又确实不俗，端的文笔到，画笔也到，足以相得益彰。

写作之时，北京大疫流行，出门受限，访客绝迹。历年搜集的有关资料，大半留置城内旧宅，一时无法取得，手边所有者寥寥无几。其中唐文标《张爱玲研究》、水晶《张爱玲未完》和张健《张爱玲新论》诸书，殊浅薄不足道；水晶的《张爱玲的小说艺术》虽然较为着力，但也不无牵强。傅雷的文章《论张爱玲的小说》立场近乎可笑，绝非公允之作；胡兰成的《评张爱玲》、《张爱玲与左派》及夏志清《中国现代小说史》和耿德华《失落的缪斯》中的有关章节，洵为知人之言，唯篇幅有限，难以面面俱到。此番只好自说自话；其为他人所一再道及者，不再重复。然则所见既寡，虽力求独出心裁，仍不免拾人牙慧。好在此非正式论文，不过就张爱玲笔下若干人物略说一点感想罢了。

　　李焱、刘宏、万燕诸兄，通过电子邮件给我不少帮助。《诗》云："嘤其鸣矣，求其友声。"幽居日久，不无感触；借此纸端，以志鸣谢。

　　"图赞"之外，还把过去所写几篇短文辑为《看张小集》。有的话题那里谈过了，现在就少说一点儿，以免辞费。迄今为止我关于张爱玲的文字，全数在此；实在谫陋寒酸得很，俟之他日用功好了。

二〇〇三年五月十五日

　　★《张爱玲画话》（包括《传奇人物图赞》与万燕著《生命有它的图案》），天津社会科学院出版社二〇〇三年十月出版。

《罔两编》序

"罔两"两见于《庄子》，一为《齐物论》，一为《寓言》。郭庆藩《集释》云："景外之微阴也。"亦即"影子的影子"。《罔两编》谈论对象均为翻译作品，较之原著，顶多算是影子；所谈纯系一己之见，则是又一重影子也。《齐物论》云："罔两问景曰：'曩子行，今子止；曩子坐，今子起，何其无特操与？'""无特操"即俗话所谓"没准谱"，《寓言》则明言"似之而非"；影子犹是这样，影子的影子就更难免此一讥了。

行文至此，解题已毕；别的话则说不说两可。即如这里所涉及的译作与书评两个话题，翻译我所不能，只是普通读者；文章虽然在写，却也并非要事。我真正的兴趣是读书，译作仅为其中之一部；偶尔记录感想，不过副产品罢了。然而读书并非可以标榜之事。此乃个人行为，不是公众姿态，亦《庄子·大宗师》所谓"自适其适"而已矣。《论语·公冶长》载子贡语："我不欲人之加诸我也，吾亦欲无加诸人。"

作为人生理想，未免标举过高，孔子因答以"赐也，非尔所及也"。但若缩小到读书一节，还是行得通的，而且正好用来解释"自适其适"。然而只怕我们要么缺乏自信，要么太过自信。盖不懂"我不欲人之加诸我也"，读书尚且不曾入门；不懂"吾亦欲无加诸人"，这个读书的人一准讨厌得很。

所以谈起读书，无非自说自话，实与他人无涉。这桩事看似简单，拿起书本子瞧下去就是了，然则天下之书多矣，何以选定的是这本，而不是那本呢。《庄子·养生主》云："吾生也有涯，而知也无涯。以有涯随无涯，殆已；已而为知者，殆而已矣。"人生苦短，没准读了这本书，就没有机会读那本书，亦未可知。我们不如庄子那般超脱，既然活着，恐怕就还得"为"读书这个"知"；读的书有所不同，所"为"的"知"也有大小多少乃至有无之分；如果读的是好书，"以有涯随无涯"，就有可能不那么"殆已"。"开卷有益"这句话，乃是说给从不读书的人听的。夫"卷"与"卷"差别甚大，同为"开卷"，"益"处多寡不等；读书妙悟，首先在取舍之间。

我写《插花地册子》，讲到小时读书；有朋友看了发笑，说多系《水泥》之类，直是白费工夫。此君比我年轻，无从体会当年觅书之难；大概也没看过革拉特珂夫的小说，见了题目认为不值一提。那时我不知读过多少毫无价值的书，平心而论《水泥》不在其列，尽管我也不会给它打多高的分。书读多了，总算炼就一副眼光，得以辨别高下优劣。这全靠比较得来——或许读毫无价值的书的唯一价值，即在于此。《淮南子·原道训》云："蘧伯玉年五十而有四十九年非。"没有四十九年之非，便无五十之是；而不以四十九年为非，五十之是亦无从谈起。明白此点，其实也就不算"殆已"了。

简择之外，读书尚要得法，才能真有获益。《庄子·齐物论》云："万世之后，而一遇大圣知其解者，是旦暮遇之也。"这是作者对于读者的最大期待；读书之最高境界，亦莫过于此。有人读书为了印证自己，凡适合我者即为好，反之则坏；有人读书旨在了解别人，并不固守一己立场，总要试图明白作家干吗如此写法，努力追随他当初的一点思绪。虽然人各有志，私意却以前者为非，而以后者为是。庄子所谓"大圣"固然无法企及，方向总是这个方向。

近来颇感倦怠，不思作文。这本小册子编成不少时候了，书名也早已拟就；序言却老也写不出来。我看人家作序，末了常以"是为序"作结，觉得很是好玩；现在我也惦记着赶快用上这句话了事。周作人《看云集·自序》有云："书上面一定要有序的么？这似乎可以不必，但又觉得似乎也是要的，假如是可以有，虽然不一定是非有不可。"以上凑成几节，字数大致够了，但又像是一句没说，仿佛恰恰被他道着似的。——写到这里，适有朋友打电话来，说不能作一篇世间最短的序么。是乃于知堂所述之外，别一有趣问题；对于我辈，不啻又是一番棒喝。当然不妨效仿前贤，讲上一通序似乎可以写短，虽然未必非短不可的话；但若把先头所写尽皆扯去，只留此"是为序"三字，便足以交了卷也。

这也应了那句老话："天下本无事，庸人自扰之。"其实非独写序如此，我作一切文章皆然，远不如读书之乐此不疲。周作人说："目下在想取而不想给。"（《夜读抄·后记》）回顾平生，意趣正与此老相当；而且并非"想"与"不想"的事儿，那么也就是更进一步了。这样的话乍听好像有点儿自私，但是假若谁都不"取"，人家岂不白白"给"了，未免暴殄天物。我读文学史和艺术史，感到十九世纪中期以降一百年间，人类文明创获甚多，乃超过此前之一两千年。继乎其后的，也许该是一个好好欣赏的年代罢。生于斯时，诚为幸事。而我们往往自以为在"给"，踌躇满志，摩拳擦掌，拿出手的却什么都不是，白白浪费了自己与他人的时间精力。其间一得一失，昭然若揭。是以嗣后继续写作与否，尚属未定；书则无论如何打算接着读下去的。

二〇〇三年八月二日

经典的诞生（《罔两编》代后记）

我在谈论福楼拜和纳博科夫时，都曾提到"上帝"，好像随便拿来称许似的，其实意义有所不同。首先声明一句，我并不相信有上帝存在；只是假定世界被创造出来，用来指代那个造物者而已。纳博科夫每每使我想到该角色的创造力，然而仅仅限于这一范围之内；与据说创造了世界的上帝相仿佛的，毕竟还是福楼拜。这里的区别在于，创造力只是上帝的能力之一，甚至可能不算最主要的能力。或者要说，整个世界都被创造出来了，难道不是创造力使然么。这一点如若暂且不谈，那么创造力的标志应该是出人意料。总的来看，我们这个世界并不怎么出人意料。上帝与其说创造奇迹，不如说创造秩序；它更关注的并非每一创造物，而是彼此之间的关系。这也正是福楼拜的特点。单就创造力这一项而言，福楼拜未必比得上纳博科夫。

成为自己所认可的那位作家，福楼拜花了很多磨练功夫；此后只有六部作品问世，最后的《布瓦尔和佩库歇》尚未完成。这些作品之间的对称关系如此协调完美，举世罕见。要是以《三故事》为中心，由《希罗迪娅》可以延伸至《萨朗波》，由《圣朱利安传奇》可以延伸至《圣安东尼的诱惑》，由《淳朴的心》则可以延伸至《包法利夫人》和《情感教育》。而《布瓦尔和佩库歇》在《包法利夫人》和《情感教育》的基础上再进一步，由写实小说转为观念小说，概括了整个现实世界。此种精心安排，也许只有我们心目中那个上帝才愿意去做，也才能够做到。上述对称关系同样呈现于他的每部作品之中，我提到过的包法利夫人与包法利先生的不同死法即为一例。《情感教育》和《圣安东尼的诱惑》很早就写有初稿，《布瓦尔和佩库歇》也曾酝酿多年，可以说福楼拜的创作史只是把最终筹备完毕的自己逐步展现出来。这一过程，就像我们的世界之被创造出来那样缓慢持久。福楼拜以反复修改文稿著名，"一个月才写二十页，而每天至少写七个小时"（一八五二年四月三日致路易丝·科莱）。这种事情别人偶尔也做得，福楼拜却是毕生如此。他要像上帝似的把一切都安排妥当。福楼拜的写作过程多少证实了前面有关其创造力的估计。进入成熟期之后，他身上很少再见灵感闪现；所苦苦追求的风格，似乎从来不曾一蹴而就。当然创造力可能不止一种；对于福楼拜来说，创造力与其说是能力，不如说是毅力。他所依仗的是深思熟虑、精雕细琢和旷日持久，时间是他创造世界的基本材料之一。

如果要在美术界找一个与此相当的人，也许是塞尚罢。塞尚之为塞尚，同样经过了漫长的准备时间，甚至可以把他的整个印象派时期包括在内——此时莫奈等视其为异端，他则认为自己未臻完善。他通过一遍又一遍，每遍都异常缓慢地画妻子、苹果、女浴者和圣维克多山来实现这一目标。按照《现代绘画辞典》的说法，"坚忍不拔的精神——如果说不是顽固不化的话——开始结出丰硕的果实。"这话用来形容福楼拜同样合适。而塞尚也要把一切都安排妥当，让它们呈现最本质的形象，处在最恰当的位置，他不允许世界的秩序有丝毫紊乱。塞尚死于一场意外——在野外写生时遇到暴雨，受凉昏迷，被送回家后不久去世。此时他刚刚取得声名意义上的成功。不过我敢断言，即便天假以年，塞尚仍会安详地置身于与圣维克多山遥遥对峙之处，把它画得更合乎自己的理想。就像福楼拜如果不是突然病死，一定按照预期写完他的《布瓦尔和佩库歇》。这里并无什么奇迹。无论福楼拜还是塞尚，我们清楚他们的起点、方向以及终点，尽管死亡把抵达终点的最后路程变成了一条虚线。

话说至此，我想最能与塞尚构成对比的画家应该是凡高。凡高如果不在那片麦田里自杀身亡——这同样是个偶然事件——的话，此后的年月他会画些什么呢。他那绝笔之作《群鸦乱飞的麦田》——所画正是他的死亡之地——无限凄然，好像宣告即将诀别人世；可是就在这幅画里，仍然不乏不确定的，乃至属于新生那一方面的因素，譬如麦子的金黄与草的青绿，似乎是要对抗暗蓝的天空和漆黑的鸦群，实在难以预料画家将会朝着什么方向发展。回头看他一生的作品，充满了互不相干或彼此冲突之处。塞尚永远是他自己所希望成为的那位塞尚；凡高则是无数凡高，他也不知道自己到底是谁。我们用"疯狂"来形容凡高，用"冷酷"来形容塞尚，所指的正是彼此间的一动一静。凡高好比一辆因失去控制而狂奔不已的马车，他的画犹如窗框中不断呈现的风景，变化万千；塞尚则永远面对同一幅风景，不管那是妻子、苹果、女浴者还是圣维克多山，都无所谓；他用一生时间衡量与对象的最佳距离，而立定不动的是他自己。他们都在创造，创造与创造却如此不同；我们则把所有不朽的创造物统统称为经典。

那么在文学领域是否也能找到一位类似凡高的人呢，大概就是茨维塔耶娃了。她的无序状态，不仅涵盖了整个创作历程，甚至体现于所写的每一首长诗或短诗。诗里到处都

是类似暴动的景象，每一句诗都是对前一句诗的背叛。譬如
《山之歌》，当我们读到"那座山峰好像一位被炮弹击倒的
新兵的胸膛"时，怎能想到将继以"那座山峰渴慕处女的嘴
唇"，又怎能想到将继以"那座山峰要求举行婚礼"，而且
其间没有机巧，只有力量。灵感对于茨维塔耶娃来说是常
态。诗人似乎可以现身于诗的世界的任何一处，也可以隐没
在任何一处，倏忽间我们看到些奇异的身影，听到些莫名的
声音，这世界却是属于她的。她的诗没有一首是有明显结局
的；她以自缢为自己安排了一个结局，然而她的诗却好像各
自依旧走向远方。就像凡高一样，这也是个绝尘而去、不知
所终的人。我们对福楼拜和塞尚无法效仿，对凡高和茨维塔
耶娃则无从揣度。秩序无疑是一条通往完美之路，通往完美
的另一条路则是创造。就像凡高一样，茨维塔耶娃也以其创
造力与秩序相抗衡；如果强行纳入某种秩序，无论他们自己
抑或作品，只能归诸毁灭。

　　谈到创造力，凡高、茨维塔耶娃与纳博科夫有所不同。
纳博科夫是戏谑的、悠闲的，永远游刃有余，一律控制得
住；凡高和茨维塔耶娃却是奋不顾身，直蹈死地，与其说创
造力从属于他们，不如说他们从属于创造力。在茨维塔耶娃
和纳博科夫之间，还存在着诗与小说这两种形式分别处于极

致状态时的明显差异。至于这种近乎邪恶——对于他们自己以及这个世界循规蹈矩、平庸凡俗的那一层面而言，的确如此——的力量，已经无法归在上帝名下，只能说属于撒旦。凡高和茨维塔耶娃都当得起这一与上帝同样伟大的称号。文学与艺术有如天空，我们把福楼拜和塞尚视为上帝高悬在一极，把凡高和茨维塔耶娃视为撒旦高悬在另一极。

二〇〇三年四月二十日

★《周两编》，百花文艺出版社二〇〇四年一月出版。

《罔两编》增订版后记

我在《向隅编》的后记中说:"去秋写毕《老子演义》后,所拟几个题目,如现代散文史和唐诗感官审美研究等,一时均不能完成,虽然准备的功夫花了不少。结果一年多里只写随笔,共得七十余篇。此番抽去部分读书之作,将来另做打算。""另做打算"的结果就是又出了《罔两编》,谈的都是翻译作品,在我的随笔集中也算稍为整齐的一种。

《罔两编》原分上下卷,现在调整了一下目录,删掉一篇意思不大的,另外把"看碟读书"系列增加进来,列为"卷中"。查日记原拟"看碟读书"题目有二十个,历时两年才写出一半来,这回又抽去了一篇写得差一点的。它们在我的出品中还是比较用力的,但正因如此,如今决定不再续写。只是关于《色,戒》的一篇已经想好,平时也常与朋友当作例子谈起,或许将来把它给完成了亦未可知。当初为写文章重新读书不说,又把 DVD 一看再看。是母亲陪我一起看的,还提供过不少意见。现在她老人家已经不在，我的文章也不写了，真乃人琴俱亡是也。

二〇一五年九月十日

★《周两编》（增订版），海豚出版社二〇一六年六月出版。

《止庵序跋》序

　　起念编这集子时，我还不无兴致；待到汇总一看，原来稍有分量的不过两三篇罢了，其他说实话写不写两可。——因想起来，惜乎书名为体例所限，必得是"某某序跋"；不然另起题目，就叫《两可集》好了。盖当初写不写两可，如今出不出亦是两可也。

　　至于把这些东西归在一起，我也不敢断言就有多大意思。十几年来无非读书作文，未必有所进步；要想由此看出"生命轨迹"之类，恐怕也是徒劳。譬如对散文的意见，现在想的与从前在《樗下随笔》后记中所谈，说来并无区别。虽然后来写的文章，较之从前也许反倒由"淡"趋"浓"，由"疏"转"密"了。这似乎更坐实了"眼高手低"一说。其实径将《樗下随笔》后记移作此集之序，亦无不可。回过头去看为几本随笔集写的序跋，除解题的话外，其余议论均可互相调换。

　　这么说话未免有点儿泄气；但是"彼亦一是非，此亦一是非"，道理也可以反过来讲。文章变化不大，自然并非虚言；假若真有进境，乃在写作之前。我想这对读者，对自己，都是负责任之举。前些时读尤瑟纳尔著《哈德良回忆录》，卷末所附创作笔记有云："有一些书，在年过四十之前，不要贸然去写。四十岁之前，你可能对一个人一个人地、一个世纪一个世纪地将千差万别的人分隔开来的广阔的自然疆界之存在认识不足，或者相反，有可能过于看重简单的行政划分、海关或军事哨所。"所论甚得我心。尽管自己写的玩意儿不能与她的巨著相比，"年过四十"的时限因而不妨稍稍前移；然而未曾在特别幼稚时动笔，至今仍引为幸事。

此集所收序跋，限于自家著述，编校的书则不在此列。我写的书，大致可以分为"集"与"书"两类。相对而言，以后一类较为着力，就中《樗下读庄》、《老子演义》二种，尤其如此。此外想写的题目还有几个，譬如关于《论语》、唐诗，都想做些研究工作。来日方长，足堪消磨。——这里提到"研究"，或有自夸之嫌；不外乎是读书笔记，只是自成片段而已。以上无论是"集"是"书"，一总皆为读书之作。我是一个普通读者，读什么书纯粹出乎自愿；偶尔发点议论，也是因为确有心得。虽然著之于文，未必有甚价值；然而我自忖也干不出比这更有价值的事儿了。

话说至此，想起陶渊明《五柳先生传》云："好读书，不求甚解，每有会意，便欣然忘食。"无奈自己读书经年，尚且不能达此境界。然则他说"会意"，显然不是不"解"；"会意"与"甚解"界限何在，或许唯有此老才能省得。我辈才疏学浅，还是用功要紧。不然不是自找借口，就是为陶公所骗了。

二〇〇三年十月十日

《止庵序跋》跋

　　今年对我好像不是什么好年头，不是这儿不合适，就是那儿不舒服，光景过去五分之一，稍稍像样儿的文章，才只写成一篇。虽然一向乐得给自己放假，可这回好像也闲得太久了。不过听说果树亦有大小年之分，树犹如此，何况人乎，不算荒年，斯为幸事矣。近日出版社寄校样来，并嘱补写跋文，以期"有头有尾"。我踌躇再三而不能动笔。回过头去把稿子重读一遍，觉得不无顾影自怜之嫌。这本是文人的坏毛病，但是比起洋洋自得，总归略强一点儿。话说至此，想起有朋友道，你总喜欢这么讲话，让人觉得"大傲若谦"。对此实在无言以对。或许大话不绝于耳，真话反而说不得了。平生读书不敢懈怠，作文不敢苟且；真有好处，也是止此而已。然而读书作文本该这样，形容起来只是个"零"罢了。夫有所贡献，方为正数；连这一点也做不到，则是负数。倘若止此便足以傲视他人，这码事儿怕是根本干不得了。不如焚弃笔砚，另觅事由好了。

　　从前我写过几年小说，后来收手了；缘由之一，是读了卡夫卡题为《地洞》之作。我一直想写的，正是这样的东西，岂知人家几十年前已经写过了。说来形容那不知名的小动物惶惶不可终日，进而把地洞营造得尽善尽美，这些我大概还能想得出来；看到卡夫卡写它在洞口另造一个藏身之所，守望着入侵之敌到来，我只好承认自己无论如何力所不及，因为做不到那么彻底，或者说那么残酷。而他的《变形记》、《在流放地》和《饥饿艺术家》，于此可谓一以贯之。正是在这个意义上，我把卡夫卡称为小说的终结者——起码终结了我的小说之梦。那么我老老实实当个读者罢。

　　我读好的文章，也有类似感想。譬如川端康成的《我在美丽的日本》，换个人也许能讲那番道理，但就难以写得如此疏散自在。连他自己同类之作，如《美的存在与发现》、《日本文学之美》和《日本美之展现》等，似乎也比不上。我读本雅明的《弗郎兹·卡夫卡》、《讲故事的人》等，还有伍尔夫《普通读者》两集里的某些篇章，同样觉得不可企及。以上都是译文，好处未免打些折扣。再来看看原创作品，即以周作人为例，他的《乌篷船》、《苍蝇》、《喝茶》和《故乡的野菜》，兴许还可模仿；若《鬼的生长》、《关于活埋》、《赋得猫》、《无生老母的消息》等，才真是学不来的。读罢深觉自家所作之无可夸耀，非但过去现在，将来还是这样。正如《庄子·秋水》里河伯所说："今我睹子之难穷也，吾非至于子之门则殆矣，吾长见笑于大方之家。"

河伯的可笑之处，是先前曾经"欣然自喜，以天下之美为尽在己"；《秋水》里另有陷井之蛙，同样讲过"吾乐与"之类傻话，末了也"适适然惊，规规然自失也"。要是它们承认自己不无局限，也就不会落到此等地步。河伯无须听北海若一通教训，陷井之蛙则免遭东海之鳖耻笑。《庄子》说："以道观之，物无贵贱。"可见并非要把它们一笔抹杀，问题只是两位妄自尊大，用《庄子》的话说就是："井蛙不可以语于海者，拘于虚也；夏虫不可以语于冰者，笃于时也；曲士不可以语于道者，束于教也。"即使并非"井蛙"、"夏虫"和"曲士"，未必就不"拘于虚"、"笃于时"或"束于教"，假如自以为不得了的话。所以"大"如北海若，尚且要说："吾未尝以此自多者，自以比形于天地而受气于阴阳，吾在于天地之间，犹小石小木之在大山也，方存乎见少，又奚以自多。"即此便是"以道观之"；比起"拘于虚"等，不啻天壤之别也。

然而河伯也好，陷井之蛙也好，虽然自以为是，毕竟出于无知；而且一经点拨，随即醒悟。是以北海若对河伯说：

"今尔出于崖涘，观于大海，乃知尔丑，尔将可与语大理矣。"世间或有虚张声势者，较之河伯辈，所差又不可以道里计也。而《秋水》未尝言及，是乃人心不古，出乎古人意料之外也。对此大约只能用"不可理喻"来形容了。

闲话少说，言归正传。我与文学打交道已超过三十年，写现在这路文章也有十五年了，如上所述，并无足以让自己满意的作品，此其一；对此了然于心，而且并不讳言，此其二；所写文章，大多是对世间的好作品——尤其是对心甘情愿承认写不出来的好作品——的礼赞，此其三。末了一项尤非易事，因为须得分辨何者为好，何者为坏，不致混淆是非，乃至以次充好——这既关乎眼力，又关乎良心；反观自己，于前者不敢妄自菲薄，于后者却是问心无愧也。

二〇〇四年三月十五日

★《止庵序跋》，古吴轩出版社二〇〇四年七月出版。

《拾稗者》序

　　这本小册子编成不少时候了，总也想不出合适的名字。过去出随笔集书名均为写意一路，然则这回专门遴选同类文章，好像不便沿用。斟酌再三，似乎叫"外国小说谈片"最为恰当。或者觉得未免缺乏味道，老实讲我的东西本来如此；倒不如按照前人说的，"在家人也不打诳话"。当然另外起个题目未尝不可，譬如"拾稗者"——《汉书·艺文志》云："小说家者流，盖出于稗官，街谈巷语，道听途说者之所造也。"后世有《稗乘》、《稗海》，所收皆小说，尽管与我谈论的并非一事。这还是对米勒《拾穗者》的一种自嘲式的戏仿；至于与书名谐音的几个字，我也不拒绝领受。

　　本书包括两部分。其一是阅读外国小说的札记。陆续写了多年，写的时候并无计划，编在一起也就缺乏系统。有几位素所推崇的作家未能谈及，譬如陀思妥耶夫斯基、契诃夫、布尔加科夫、卡尔维诺等；关于卡夫卡，也应该另写一篇像样的东西。好在来日方长，以后再写不迟。其一是对若干小说与据此改编的电影所作比较，但着眼点仍在小说方面。原本打算专门写本书的，前年秋天起手后，一直不很顺利，拖到现在还没写到一半篇幅，或许就此打住也好。然而即便自家之事亦难以逆料，没准有朝一日把它给完成了亦未可知。不过对我来说，读书才是正事，文章写成固为一得，写不成亦谈不上损失也。

前些时读迈克尔·伍德著《沉默之子》，其中引述了亨利·詹姆斯关于批评的定义：心智努力寻求自身感兴趣的理由。作者说："我认为批评是试图开启一段对话，对象是那些读过一些你曾读过的书、读过一些跟你想谈的书类似的书和那些读过很多你不曾读过的书的人，……他们不需要解释，也没有什么是你可以向他们解释的。当你努力寻求你感兴趣的理由时，他们会明白那种兴趣，因为他们已经有或者可能会有同感，但主要吸引他们的是寻求的过程和理由。"我自己写的自然够不上批评，但方向总是那个方向；所以读到伍德的话，颇有契合之感。这与弗吉尼亚·伍尔夫所谓"普通读者"不无相通之处："他读书是为了消遣，而不是为了传授知识或纠正他人的看法。"虽然"普通读者"不一定非要发言不可。不过假使开口，所说也就如同伍德讲的那样。伍尔夫自己即是好例子。对我来说，若能写出像她《普通读者》两集里的文章，也不枉谈读书写作了。

　　回过头去看《沉默之子》的话，如果说我读小说有何"自身感兴趣"之处，就在于想弄明白它是怎样写出来的。这是受了父亲的影响。大约三十年前，他专门为我写过两本书稿，教授小说写作技巧。我虽然无所成就，却调养成一副读小说的眼光。以后无论遇到哪家哪派的作品，总是努力揣摩作者的思路。父亲的书稿现已不知下落，我的兴趣则一直保持至今。他老人家倘若健在，或许也会读我谈到的这些小说，并且跟我讨论；如今我只好与世间可能有的读者作"如面谈"了。父亲逝世整整十年了，谨以此册小书，作为我的纪念。

二〇〇四年八月八日

　　★《拾稗者》，湖北人民出版社二〇〇五年一月出版。

《相忘书》序

《庄子·大宗师》云："泉涸，鱼相与处于陆，相呴以湿，相濡以沫，不如相忘于江湖。"素所喜欢这个境界，因取"相忘"二字，以名吾之新书。——关于"相忘于江湖"，同篇另有一节，托言孔子云："鱼相造乎水，人相造乎道。相造乎水者，穿池而养给；相造乎道者，无事而生定。故曰，鱼相忘乎江湖，人相忘乎道术。"自适其适，互无牵涉，故相忘耳。又《逍遥游》云："小知不及大知，小年不及大年。""泉涸，鱼相与处于陆"有如"小年"，"江湖"有如"大年"；"相呴以湿，相濡以沫"即"小知"，"相忘"即"大知"也。

《逍遥游》曰"不及"，《大宗师》曰"不如"；"鱼相忘乎江湖，人相忘乎道术"，自是合宜。然则万一赶上"泉涸"、"相与处于陆"，又怎么办呢。郭象注云："与其不足而相爱，岂若有余而相忘。"好比没说一样。成玄英疏云："……故知鱼失水所以呴濡，人丧道所以亲爱之者也。"此乃本诸《老子》之"大道废，有仁义"。夫"相忘于江湖"系得道之最高境界，"相呴以湿，相濡以沫"为仁义之具体表现；儒道两家要义，即在此也。

站在一条鱼或一个人的立场去体会，前引成疏似甚有理解，盖"失水"非鱼之自愿，"丧道"亦非人所能规避者也。因此正不妨讲，"相造乎水"，何妨"相忘"；"泉涸"、"相与处于陆"，不免"相呴以湿，相濡以沫"。对于《老子》所说，也可反其意而言之：大道既废，倘无些许仁义，我辈如何活法。是以"相忘于江湖"虽然常在憧憬之中，生于斯世，只怕尚须"相呴以湿，相濡以沫"，尽管出乎无奈，而为庄、老所不屑也。——这本书换个题目，叫"小年集"或"小知集"，或许更其确切乎。

【附记】

《庄子·外物》云："庄周家贫，故往贷粟于监河侯。监河侯曰：'诺。我将得邑金，将贷子三百金，可乎。'庄周忿然作色曰：'周昨来，有中道而呼者。周顾视车辙中，有鲋鱼焉。周问之曰，鲋鱼来，子何为者邪。对曰，我东海之波臣也，君岂有斗升之水而活我哉。周曰：诺。我且南游吴越之王，激西江之水而迎子，可乎。鲋鱼忿然作色曰：吾失我常与，我无所处。吾得斗升之水然活耳，君乃言此，曾不如早索我于枯鱼之肆。'"前写《读庄》，多侧重怀疑一面；及今思之，此节似大有儒家气也。

二〇〇五年二月二日

《相忘书》后记

　　《相忘书》系拙作之第七种随笔集，所收文章写于《向隅》、《罔两》二编之后，均与书或读书相关。前曾与几位友人约定，出一套涉及书的集子，以此交卷可也。然所约尚有一条，即须插图若干，此事却难。今选用欧洲有关阅读或书籍的一组画作，写实、幻想皆有；自不敢以插图视之，取吾辈持卷之际，大约与就中某个角色约略相似也。

二〇〇五年九月六日

　　★《相忘书》，山东画报出版社二〇〇六年四月出版。

《相忘书》新版后记

　　《相忘书》出版在十年前，此番重新印行，订正了一些写错或印错的字，再就是将插图尽皆删去——关于这本书，所要讲的就是这些，以下都是闲话。《相忘书》之前，我出过随笔集《樗下随笔》、《如面谈》、《六丑笔记》、《沽酌集》、《向隅编》、《罔两编》，之后则有《云集》、《茶店说书》、《比竹小品》、《旦暮帖》和《风月好谈》，绝大部分都是读书之作。我谈到不少读过的书，还有更多读过的书没有谈到，但相比之下，恐怕读书的方法要比具体读哪一本书更重要，虽然这方法就体现在读某一本书之中，而离开所读的书，所谓方法也就成了"屠龙之技"。前些天偶尔到豆瓣网看看，在微博上写了一段话："只有你是个好读者，我才是个好作者；即使我不是个好作者，你仍然可以是个好读者。"这可以说是我对自己的读者的期待，当然更是对自己作为读者的要求。我一向以为，没有做好必要准备的阅读，对所读的那本书来说，或许是个灾难。虽然，认字就是一种阅读准备，不过我想说的是，经验，兴趣，耐性，好奇心，理解力，等等。有些准备，甚至是专门针对某一本书的。讲得更具体一点，你怎么知道你所看到的不是这本书的缺点，而是它的特点，甚至优点；抑或反之，它并不是优点、特点，而是缺点。举个例子，我在出版社工作时，曾打算找人翻译本雅明的《拱廊街》，遗憾没有成功。好在《拱廊街》迟早会被译介过来，但对于这样一部"几乎完全由引文组成"的作品，怎么知道不是"掉书袋"——就像不少看不惯作品中夹杂引文的读者常常抱怨的那样——而是作者的精心追求，也是作品的特色所在呢。我所希望的是，一方面，作者写书的苦心，能为读者所领会；另一方面，读者读书，真能得到一本书的好处。这未免太过理想化，但也可以说是很"经济"，我从未做过自己的买卖，不过好歹在外企打过十几年工，训练出凡事都要考虑效益的思路，我想读书亦当如此。自然，有人不在乎这个，也无所谓。总而言之，自己感不感兴趣是一回事，人家写得好不好是另一回事，不能混为一谈；至于因为自己看不懂，就认为人家写得不好，则更等而下之了。伍尔夫说："如果我们在阅读时能够摆脱这些先入之成见，那就有了一个良好的开端。不要去指使作者，而要进入作者的世界；尽量成为作者的伙伴和参谋。如果你一开始就退缩一旁，你是你，我是我；或者品头论足，说三道四，你肯定无法从阅读中获得尽可能多的收益。"读书之道，盖在此矣。与此相反，则有如米切尔著《云图》中所描写的：作家霍金斯遇见一位胡说一气的书评人芬奇爵士，忍无可忍，将其从阳台上扔下去活活摔死了。然而作家也未必只想听好话——只有段数不够的作家才这样。杰出如契诃夫就说："被浑蛋所称赞，不如战死在他手里。"所期待的大概是真正的内行话，读者应该成为作家写作的"解人"。当然要是能够像夏济安在《黑暗的闸门》中那样别具只眼地解读《青春之歌》、《红日》等，发现平庸或拙劣之作的深刻意味，就更可佩服。如果前面所言对应着"只有你是个好读者，我才是个好作者"，那么这里就说得上"即使我不是个好作者，你仍然可以是个好读者"了。

二〇一六年三月五日

★《相忘书》，百花文艺出版社二〇一七年一月出版。

《近代欧洲文学史》校注本序

　　偶阅某图书馆目录，周作人名下有《近代欧洲文学史》，而他已面世的作品中并无此种。估计是未出版的遗稿，遂请作者家属代为查看。系线装一册，目录三叶，正文七十九叶。分"绪论"、"古代"、"古典主义时代"、"传奇主义时代"和"写实主义时代"五章。正文栏外有"近代欧洲文学史　国文门二年级　周作人编"字样。原是当年在北京大学的讲义。

　　一九一七年九月，周作人受聘为北京大学文科教授。据他介绍："课程上规定，我所担任的欧洲文学史是三单位，希腊罗马文学史三单位，计一星期只要上六小时的课，可是事先却须得预备六小时用的讲义，这大约需要写稿纸至少二十张，再加上看参考书的时间，实在是够忙的了。于是在白天里把草稿起好，到晚上等鲁迅修正字句之后，第二天再来誊正并起草，如是继续下去，在六天里总可以完成所需要的稿件，交到学校里油印备用。"(《知堂回想录·五四之前》)查周氏日记，一九一七年九月二十二日和二十四日，分别开始编纂"希腊文学史"和"近世文学史"。十二月十九日："晚起草希文史了。"一九一八年一月七日："晚起草罗马文学史。"三月十六日："讲罗马文学史了。"六月五日："讲二年级文学史了。"六月六日："上午重编理讲义。"六月七日："晚编理讲义了，凡希腊罗马中古至十八世纪三卷，合作《欧洲文学史》。"此即如其后来所说："这样经过一年的光阴，计草成希腊文学要略一卷，罗马一卷，欧洲中古至十八世纪一卷，合成一册《欧洲文学史》，作为北京大学丛书之三，由商务印书馆出版。"（《知堂回想录·五四之前》）《欧洲文学史》出版于一九一八年十月。而该书整理完成之后，"近世文学史"仍在继续编写。一九一八年九月二十九日日记云："下午校十九世纪文学史第一编，当付印。"一九一九年三月十四日："下午续编二年级讲义。"三月十六日："下午抄讲义五叶。"以后不复见记载。

据此可知，周氏先起草讲义，后整理成书；讲义共有"希腊文学史"、"罗马文学史"和"近世文学史"三种。其中"近世文学史"另有部分已经撰写，未及正式出版。现在这册《近代欧洲文学史》，应该就是周氏日记中所说"近世文学史"或"二年级讲义"。

《近代欧洲文学史》之"古代"、"古典主义时代"二章与《欧洲文学史》之第三卷大致相当，当系后者之底本。《欧洲文学史》该卷第一篇第二章"异教诗歌"，对应《近代欧洲文学史》第二章中"异教诗歌"一节；第三章"骑士文学"，对应"武士文学"一节；第五章"文艺复兴之前驱"，对应"意大利文艺复兴之前驱"一节；第六章"文艺复兴期拉丁民族之文学"，对应第三章"文艺复兴时期"中"意大利"、"法国"、"西班牙"三节；第七章"文艺复兴期条顿民族之文学"，对应"德国"、"英国"二节；第二篇第一章"十七世纪"，对应第三章"十七世纪"中"意大利"、"西班牙"、"德国"、"法国"、"英国"五节；第二章"十八世纪法国之文学"，对应第三章"十八世纪"中"法国"一节；第三章"十八世纪南欧之文学"，对应"意大利、西班牙"一节；第四章"十八世纪英国之文学"，对应"英国"一节；第五章"十八世纪德国之文学"，对应"德国"一节；第六章"十八世纪北欧之文学"，对应"俄国"一节，间有采自"丹麦"、"瑞典"、"诺威"各节者；第七章"结论"，对应"总说"一节。其间内容略见增删，文笔稍有润色。《欧洲文学史》用词较新，第三卷第一篇之"基督教"，《近代欧洲文学史》第二章作"景教"，即为一例。《欧洲文学史》第三卷第一篇第一章"绪论"，则与《近代欧洲文学史》第一章"绪论"颇不相同；第四章"异教精神之再现"，亦是补充而作。

《近代欧洲文学史》第三章末尾云："文艺复兴期，以古典文学为师，而重在情思，故可谓之第一理想主义时代。十七十八世纪，偏主理性，则为第一古典主义时代。及反动起，十九世纪初，乃有理想主义之复兴（Revival of Romanticism）。不数十年，情思亦复衰歇，继起者曰写实主义，重在客观，以科学之法治艺文，尚理性而黜情思，是亦可谓之古典主义之复兴也。唯是二者，互相推移，以成就十九世纪之文学。及于近世，乃协合而为一，即新理想主义（Neo-Romanticism）是也。"而第四章题曰"传奇主义时代"。Romanticism一词，前后两种说法。查《欧洲文学史》第三卷第二篇第七章，则云："文艺复兴期，以古典文学为师法，而重在情思，故可称之曰第一传奇主义（Romanticism）时代。十七十八世纪，偏主理性，则为第一古典主义（Classicism）时代。及反动起，十九世纪初，乃有传奇主义之复兴。不数十年，情思亦复衰歇，继起者曰写实主义（Realism），重在客观，以科学之法治艺文，尚理性而黜情思，是亦可谓之古典主义之复兴也。唯是二者，互相推移，以成就十九世纪之文学。及于近世，乃协合而为一，即新传奇主义是也。"大概《近代欧洲文学史》四、五两章，写成于《欧洲文学史》完稿之后，故说法一致，反倒与《近代欧洲文学史》前文相左了。

《近代欧洲文学史》四、五两章介绍十九世纪文学，篇幅几占全稿三分之二，为《欧洲文学史》所无。第四章"传奇主义时代"即为日记所云"十九世纪文学史第一编"。作者说："后来商务印书馆要出一套大学的教本，想把这本文学史充数，我也把编好了的十九世纪文学史整理好，预备加进去，可是拿到他们专家审订的意见来一看，我就只好敬谢不敏了。因为他说书中年月有误，那可能是由于我所根据的和他的权威不合，但是主张著作名称悉应改用英文，这种英语正统的看法在那些绅士学者的社会虽是当然，但与原书的主旨正是相反，所以在绅士丛书里只得少陪了。"（《知堂回想录·五四之前》）所谓"编好了的十九世纪文学史"，应是根据《近代欧洲文学史》四、五两章修订而成。不过迄未印行，现已亡佚。只是在作者为所译《不自然淘汰》写的附记（一九一八年七月四日作）和《关于〈炭画〉》（一九二六年六月六日作）里，各抄录了关于斯忒林培克（August Strindberg，通译斯特林堡）和显克微支（Henryk sienkiewicz，通译显克维奇）的两段，较之《近代欧洲文学史》相应部分，内容文字略有出入。

有如周作人一九四四年在《我的杂学》中所述，其了解欧洲文学，始于在江南水师学堂学习英文，"借了这文字的媒介杂乱的读些书，其一部分是欧洲弱小民族文学"。到日本之后，又通过日译本阅读俄国作品和大陆文学，"对于所谓被损害与侮辱的国民的文学更比强国的表示尊重与亲近"。"那时影响至今尚有留存的，即是我的对于几个作家的爱好，俄国的果戈理与伽尔洵，波兰的显克威支，虽然有时可以十年不读，但心里还是永不忘记，陀思妥也夫斯奇也极是佩服，可是有点敬畏，向来不敢轻易翻动，也就较为疏远了。摩斐耳的《斯拉夫文学小史》，克罗巴金的《俄国文学史》，勃兰特思的《波兰印象记》，赖息的《匈牙利文学史论》，这些都是四五十年前的旧书，于我却是很有情分，回想当日读书的感激历历如昨日，给予我的好处亦终未亡失。只可惜我未曾充分利用，小说前后译出三十几篇，收在两种短篇集内，史传评论则多止读过独自怡悦耳。但是这也总之不是徒劳的事，民国六年来到北京大学，被命讲授欧洲文学史，就把这些拿来做底子，而这以后七八年间的教书，督促我反复的查考文学史料，这又给我做了一种训练。我最初只是关于古希腊与十九世纪欧洲文学的一部分有点知识，后来因为要教书编讲义，其他部分须得设法补充，所以起头这两年虽然只担任六小时功课，却真是目不暇接，查书写稿之外几乎没有别的事情可做，可是结果并不满意，讲义印出了一本，十九世纪这一本终于不曾付印，这门功课在几年之后也停止了。"

《近代欧洲文学史》"出土"，十九世纪又是重点所在，或可弥补《欧洲文学史》不全之憾。我曾经说，《欧洲文学史》主要是向我们展现了作者所具有的广阔的文化视野；后来他以提倡"人的文学"和"思想革命"而成为五四新文化运动的代表人物，与此不无关系。结合《近代欧洲文学史》来看，此点更为显著。作者对《欧洲文学史》曾有自我批评："这是一种杂凑而成的书，材料全由英文本各国文学史，文人传记，作品批评，杂和做成，完全不成东西，不过在那时候也凑合着用了。"（《知堂回想录·五四之前》）然而其难能可贵之处，恰恰在于没有现成"母本"，居然编出一部条理清晰、内容丰富的文学史来。无论《欧洲文学史》，还是《近代欧洲文学史》，都是如此。国内后出类似著作，未必能够完全替代。

二〇〇七年一月二十七日

《近代欧洲文学史》校注本后记

《近代欧洲文学史》系周作人授课所用讲义，向未整理出版。此番我们所做之事有二：

一、校。原稿中文错字，改正之后，出以校记。可通假者则一仍其旧。某些国名两种译法混用，如前四章均作"伊大利"，第五章起改为"意大利"，查《欧洲文学史》亦写作"意大利"，即据此予以统一；至于"波阑"与"波兰"，"爱尔阑"与"爱尔兰"，查作者此后出版之《点滴》与《现代小说译丛》第一集，仍写作"波阑"、"爱尔阑"，即据此予以统一。此等处，不复出校记。

西文凡拼写错误，如"Bylina"作"Bylini"、"Hildebrandslied"作"Hildebrand"，径予改正，不出校记；旧式写法如"Tolstoy"之为"Tolstoj"、"Dostoyevsky"之为"Dostojevskij"，则予保留；凡选词错误，如"Expressionism"作"Expreaaionist"、"Enlightenment"作"Illumination"，修改后出以校记；原稿中之简略写法，如

"*Geschichte des Agathon*" 作 "*Agathon*"、"*Sjevastopolskiye rasskazy*" 作 "*Sjevastopolskiye*"，或专用词组（主要是作品名）冠词缺失及单词首字母大写不当，如 "*La divina commedia*" 作 "*Divina Commedia*"、"*The Shepheardes Calender*" 作 "*Shepheardes Calender*"、"*A Journal of the Plague Year*" 作 "*Journal of the Plague Year*" 等等，均不在正文中改正，而于注释中列出完整或正确写法。原稿中人物生卒及作品完成发表的年份，因作者"所根据的"资料可能与"权威不合"，故除明显誊写排印之误外，亦不在正文中改正，而于注释中列出通常认为正确者。

二、注。原稿提及人名、书名等，往往径写原文，不加翻译；或虽有译文，却非今日习惯写法，如"Classicism"作"尚古主义"，"Romanticism"作"传奇主义"等。现在根据几种主要参考书以及其他材料略作注释，以便阅读。事实皆据各家记载，观点及评价则从中遴取自己所认同者，间亦参以己意。所有注释均只针对西文，且仅限一篇中首次出现之处。有关俄文部分承王东兄多所帮忙，特此致谢。

以上校注工作，由大洪兄与我一起完成。却说二十多年前，我们打算合编一部《二十世纪外国文学家辞典》，已分别写出若干条目，但是规模太大，无力完成。遂改为编纂

《二十世纪外国文学家台历》，挑选了三百六十五位作家，依生卒时间分别系于一年各日，每则约四百字。此稿写成后，未能出版。这回因《近代欧洲文学史》"出土"，又有合作机会，夙愿多少借此实现，亦幸事也。

二○○七年一月二十五日

★《近代欧洲文学史》（周作人著，止庵、戴大洪校注），团结出版社二○○七年七月出版。

《远书》题记

　　我看影印的前人手札，不少有如知堂所说"或通情愫，或叙事实，而片言只语中反有足以窥见性情之处"；书法、信笺、印章、格式，往往亦颇可观。唯付诸排版铅印后，形式之美丧失殆尽。因想起正好鱼目混珠：字丑纸劣得以藏拙，发 E-mail 亦无所谓矣。我编这本小集，理由之一即在于此。当然也可以说，就中偶有只言片语，或许能补所作文章之缺。不过果戈理出了《与友人书信选》，好挨一顿臭骂；大师何敢攀比，遭遇却恐相当。除致谷林翁信系借回选抄外，其余均由自家电脑存留者中挑拣，计得二百余通。素喜贾岛《寄远》之句："鱼飞向北海，可以寄远书。"今即以此为题云。

　　　　　　　　　　　　　　　　　　　丙戌年除夕之夜

《远书》跋

　　这本书出于子非鱼兮君的策划，在我实属"计划外产品"，是以要谢谢他的雅意。还记得他当初劝我的理由颇有意思，这里就不说了。

　　前此曾请鲍耀明、鲍瑞美、常大麟、张恩和、扬之水、陆灏、王稼句、李福眠、王刘纯、张福堂、赵西学、萧振鸣诸位先生各写江淹《别赋》一段，本拟用于另一书中，似与这里文字更其合拍，因移至此处。《诗》云："嘤其鸣矣，求其友声"，此之谓也。

二〇〇七年七月三十日

★《远书》，大象出版社二〇〇七年十一月出版。

《云集》序

　　我三十岁前用"方晴"的笔名写诗和小说，后来写随笔，这是第八个集子了。此外还写了六七种书。数量不算少，我担心的是如前人所云："旧稿徒千言，一字不曾说。"然而怎么算是"说"呢。多年前阅《肖斯塔科维奇回忆录》，其中抄录古代祈祷文："主啊，请赐给我力量去改变能够改变的事物。主啊，请赐给我力量去忍受不能够改变的事物。主啊，请赐给我智慧去分辨这两者的差别。"肖氏云："对这段祈祷文，我有时候喜欢，有时候憎恨。虽然我的生活已临近结束，可是我既没有这种力量，又没有这种智慧。"我觉得那祈祷文始终只能心中默诵，及至开口，就是承认自己无法做到。孟德斯鸠临终说"帝力之大，正如吾力之为微"亦系此意，然止是陈述事实而已。——读书得此领悟，胜却自家一向之高谈阔论。

二〇〇七年九月二十四日

《云集》跋

简化字"云"合并了"雲"、"云"二字。是以"云集"盖有三义。其一（"雲集"）："比喻许多人从各处来，聚集在一起。"——此书涉及阿尔志跋绥夫、普里什文、纳博科夫、卡尔维诺、帕慕克等，虽然好几个题目因故未能写出——尤其是关于艾米莉·勃朗特著《呼啸山庄》，札记已有两万多字——但也称得上"许多"了。其二（"雲集"）与三（"云集"）之"集"均作"集子"解。明郭奎有《望雲集》，清钱良择有《抚雲集》，周作人有《看雲集》，我这止是孤零零一朵雲耳。又，"云"者，"说"也。

本书包括两部分。一是《丙戌丁亥杂文》，这两年在上班，另有一部书要写，零篇文章只得这些。二是《传奇人物图赞》，其中谈及《花凋》一篇，郑川嫦"她自己一寸一寸地死去了，这可爱的世界也一寸一寸地死去了"的话，似应结合《留情》"米先生仰脸看着虹，想起他的妻快死了，他一生的大部分也跟着死了。……米先生看着虹，对于这世界他的爱不是爱而是疼惜"来看。米太太若有想法，或与川嫦相同；米先生则对此感同身受。前此不曾言及，这里略作补充。

二〇〇七年九月二十二日

★《云集》，南京师范大学出版社二〇〇八年一月出版。

《周作人传》序

前些时我劝一位久已中断写作的朋友说，如果不诉诸笔墨，我们那些阅读时的感想就更是"未完成"的了。或许这正是我自己终于下决心撰写此书的原因。我最早接触周作人的作品是在一九八六年，起初只是一点兴趣使然，后来着手校订整理，于是读了又读。先后出版《周作人自编文集》、《苦雨斋译丛》、《周氏兄弟合译文集》等，一总有七八百万字，连带着把相关资料也看了不少。有段时间我无心写作，适有朋友提起"周作人传"这个题目，我想正可借此把他的全部著译以及所能找到的生平材料一并重读一遍。这样花去一年时间，记了不少笔记。之后又用整整两年写成这本书。说到底还是"读后感"，与我向来那些小文章相仿佛，只是循着传主一生的线索，所言稍成片段而已。二十年来在这方面所下功夫至此有一了结，知我罪我，全在读者；我自己今后大概要另外干点别的事了。

虽然陆续有《周作人研究资料》、《回望周作人》之类书籍面世，周氏的生平材料仍然非常匮乏。日记迄未完整印行，一也；书信很少搜集整理，二也；档案材料不曾公布，三也；当年的新闻报道、访问记、印象记还没汇编出版，四也；后来的回忆文章缺乏核实订正，五也。目下写作一本像杰弗里·迈耶斯著《奥威尔传》和若斯亚娜·萨维诺著《玛格丽特·尤瑟纳尔》那样翔实的传记，实无可能。但是即便把这几件事都给做了，材料是否就够写一本真正的传记，仍然未必。

上述诸事，可以分为两种情况：其一是不敷使用，其一是不敢尽用。前者非个人力所能及，只能尽量少点儿遗漏；后者则不妨略予甄别。不少回忆之作，或主动，或被迫，掺杂不实之辞，乃至以讹传讹。譬如许寿裳著《亡友鲁迅印象记》谈及一九二四年周氏兄弟发生冲突，有云："……一忽儿外宾来了，正欲开口说话；鲁迅从容辞却，说这是家里的事，无烦外宾费心。到者也无话可说，只好退了。"周作人即在《知堂回想录》中有所订正："这里我要说明，徐是徐耀辰，张是张凤举，都是那时的北大教授，并不是什么'外宾'，如许季茀所说的，许君是与徐张二君明白这事件的内容的人，虽然人是比较'老实'，但也何至于造作谣言，和正人君子一辙呢？"此外年代久远，记忆难免失真，《知堂回想录》亦偶有此病。凡此种种，我们均须多加小心。

本书的侧重点与一般生平传记亦有不同。在我看来，对于周作人这样一位思想者和著作者来说，思想的发展脉络和表述过程远比其一生经历更其重要，笔墨因此较多用在这里，而相关资料亦稍齐备。此所以坊间已有不止一种周氏传记，我仍然要写这本书。至于以传记而言那些书写得如何，姑置勿论。

我曾强调不能将"传记"与"传记小说"混为一谈。传记属于非虚构作品，所写须是事实，须有出处；援引他人记载，要经过一番核实，这一底线不可移易。写传记有如写历史，不允许"合理想象"或"合理虚构"。这本书自不例外。如此，虽然难以写得热闹，却不至于信口胡说。我只打算陈述事实经过，无论涉及传主的思想，还是生平；容有空白，却无造作。至于自家看法，不管与他人相同或相异，均属一己之见。在"周作人"这个充满争议的题目上，我既不是辩护者，也不是指控者。所以相关想法，恐怕"卑之无甚高论"。我当然自具立场，然而我的立场不能横亘在读者与事实之间。

二〇〇八年二月十四日

★《周作人传》，山东画报出版社二〇〇九年一月出版。

《周作人传》重印后记

《周作人传》此番重印，改正了若干笔误和印错的字，在不更动版面的情况下，对某些内容稍作修订。此外尚有可用的新材料，只好等以后再行补充了。

本书出版后，报刊和网上有些评论，凡可采纳的意见，均已体现于订正之中，这里谨致谢忱。就中一篇文章认为此书系"以作者对周作人思想的理解为标准来解读周作人"——设若不以作者自己而以别人的相关理解为标准，则不仅难有"思考的进一步深入"，恐怕连"解读"乃至"思考"都谈不上了。这作为对传记的要求来说好像稍嫌低了，但是我这本书如于陈述事实经过之外别有可取，或许即在于此。

二〇〇九年十一月五日

★《周作人传》，山东画报出版社二〇一〇年一月重印。

《周作人传》增订版序

《周作人传》于二〇〇九年一月出版。同年底重印，在不更动版面的情况下，对某些内容稍有修订。当时声明："此外尚有可用的新材料，只好等以后再行补充了。"现拟印行新版，正有机会增订一番。所做的事计有两件：一是"增"。新补充的材料大多是这几年报刊上所披露的，亦有先已揭载而我在写《周作人传》时未曾寓目或未予重视者，其中包括周作人一九六二年十月十五日所作《文人督办到反动老作家》一文，这是他对自己这一段经历唯一较为详细的叙述，发表在二〇〇七年一月《文史资料选辑》总第一五一辑上。另外，《周作人传》完成后，我陆续写了十几篇文章，于周氏生平与思想方面有些新的意见，这次也择其要者增补到书中。

二是"订"。且举两例：其一，一九三七年七七事变后周作人滞留北平，我在《周作人传》中引用了一九三八年三月二十日《戏言》第一期所载《复某君函促南行》中的话，以见他当时的态度。及至后来看到二〇一二年二月《鲁迅研究月刊》第一期上的《古越周作人先生稿札》，才知道此函系一九三七年十一月十三日写给张一渠的，在《戏言》发表时有所删节，其中，"而舍弟在沪，妻儿四人，不能不由此间代管"，原信作"而舍弟携其情妇在沪，妻儿四人舍弃不顾（近一年来不寄分文），不能不由此间代管"；"且家母亦仍居平，鲁迅夫人（并非上海的那位）亦在，此二老人亦须有人就近照料"，原信作"且家母亦仍居平，鲁迅夫人（并非在上海的那一位）亦在，此二老人亦须有人就近照料"。如今即据原信予以订正。

其二，张菊香、张铁荣编《周作人年谱》一九三九年一月十二日项下有云："收伪北京大学聘为北京大学图书馆馆长的聘书，即复函接受这一聘任，并在当日日记中记：'下午收北大聘书，仍是关于图书馆事，而事实上不能不当。'"钱理群著《周作人传》复云："……当天的日记中却是这样写的：'下午收北大聘书，仍是关于图书馆事，而事实上不能不当'。寥寥七个字，就将关系民族大义，也关系个人命运的决定性的一步，交代过去了。"二书作者应当是看过现存全部周作人日记的，而正式印行的周氏日记只到一九三四年为止，以后他人著文涉及此事，均从前述年谱、传记，我写《周作人传》时也不例外。倪墨炎著《苦雨斋主人周作人》则云：

"此事虽然几天前已口头说好了的，但周作人仍然在苦雨斋书房里踱步一阵，闷坐一阵，闷坐一阵，又踱步一阵，比往日多吃了几壶苦茶，终于函复表示接受。他在这天的日记上写着：'下午收北大聘书，仍是关于图书馆事，而事实上不能不当。'"我的书出版后，承周氏后人告知，那段日记引用有误。待看到日记原件，该日的内容是："上午写发各处覆信下午收北大聘书仍是关于图书馆事而事实上不能去当函覆之晚又代和森收委令一件"，"发信"栏所列为"耀辰　玄同　孟华　重久　松雄　村上　芸子"，又于"受信"栏"一渠快信"下注"复"。据此，周氏日记有关内容似应断为"而事实上不能去，当函覆之"。而一月十四日日记"发信"栏有"稻孙"、"尔叟"。这段话被认成或改成了"而事实上不能不当"，意思就有些差别，而当日并无"即复函接受这一聘任"一事。此番也据日记原件作了订正。

我虽然力所能及地对《周作人传》作了些增订，但关于材料的态度一如既往，要而言之无非"宁缺毋滥"四字。周作人的生平材料本来不多，其中不少又出现在他成了"反面人物"之后，而一旦如此，则不仅议论之是非，而且回忆之好坏，即往往服从于"定论"，或改或编，或减或增，在所难免。周作人曾说："一个人的平淡无奇的事实本是传记中的最好资料，但唯一的条件是要大家把他当做'人'去看，不是当做'神'，——即是偶像或傀儡，这才有点用处，若是神则所需要者自然别有神话与其神学在也。"（《关于鲁迅之二》）那么反过来讲，如果大家把一个人当做"非人"去看，大概也不会满足于"平淡无奇的事实"。此亦未必一律出于授意，多半还是自觉而为。

《论语·子张》："子贡曰：'纣之不善，不如是之甚也。是以君子恶居下流，天下之恶皆归焉。'"或许正可以用来批评某些回忆录所写内容。然而这里子贡不过是审慎地表示质疑而已，末了只得"反求诸己"。我们大概同样无法逾越这一限度。因为写回忆录的人每每声称系亲眼所见，或亲耳所闻，言之凿凿，却不提供任何旁证；此种"独家秘闻"，作者不能坐实其"有"，读者却也很难断言其"无"。无奈人云亦云，三人成虎，最后也就都成了"事实"了。

至于后出的回忆录部分袭用先出的回忆录，或从被回忆者的日记、书信和作品中取材，但内容又有所添加，就更加真假难辨了。姑举一例：俞芳著《我记忆中的鲁迅先生》（浙江人民出版社一九八一年十月出版）有云："一九三六年，我不在北京，听三妹说，大先生逝世，对于太师母，真是晴天霹雳，噩耗传来，她老人家伤心到了极点。……可是太师母虽在极度悲伤的处境中，仍能注意克制自己的感情，尽量不在别人面前哭泣，只是在大先生逝世的第七天那一天，她老人家实在忍不住了，大哭了一场。她老人家说：一个女人，最伤心的是死了丈夫或孩子。接着说：端姑死得早，太先生卧病三年，他的逝世总有些想得到的。老四（椿寿）死了几十年，至今我还时常想到他，老大是我最心爱的儿子，他竟死在我的前头，怎么能不伤心呢？又说：论年龄，他今年已经五十六岁了，也不算短寿了。只怪自己寿限太长！如果我早死几年，死在他的前头，现在就什么事情都不知道了。"

这里周老太太所说"论年龄，他今年已经五十六岁了，也不算短寿了。只怪自己寿限太长！如果我早死几年，死在他的前头，现在就什么事情都不知道了"，似本诸孙伏园作《哭鲁迅先生》（载一九三六年十一月《潇湘涟漪》第二卷第八期）一文："廿一日我到北平，廿二日往谒周老太太。鲁迅先生的客厅里原来挂着陶元庆先生所作的木炭画像，似乎略移到了居中一点；即在这画像前供了一张书案，上有清茶烟卷文具；等我和三弟春苔都凄然的致了敬礼，周太太陪我们到上房见老太太，先看见鲁迅先生的工作室。'老虎尾巴'依旧，只是从此不会再有它的主人骑在上面，作鞭策全民族往前猛进的伟业了。周老太太自然不免悲戚，但是鲁迅先生的伟大，很看得出大部分是秉承老太太的遗传的，只是老太太比鲁迅先生更温和、慈祥、旷达些。'论寿，五十六岁也不算短了；只是我的寿太长了些；譬如我去年死了，今年不是什么也不知道了么？'听老太太这话，很像是读鲁迅先生的文章，内含的哲理和外形的笔法都是相像的。老太太今年才八十，这样的谈风实在是期颐的寿征。只是周太太的凄楚神情，不禁也令我们感动。"

俞芳作《谈谈周作人》（载一九八八年六月《鲁迅研究动态》第六期）复云："记得俞藻一九三七年夏回杭州时，曾告诉我两件有关太师母和周作人的事：……鲁迅逝世的电报到达八道湾后，周作人找宋紫佩同往西三条，通知太师母。事后，太师母对俞藻说，那天，老二和宋紫佩同来，我心里已猜到不是好兆头，心想，大约老大的病更加严重了。及至得知老大已经逝世，我精神上受到沉重的打击，悲痛到了极点。只觉得全身颤抖，两腿抖得厉害，站都站不起来，只好靠在床上说话，但头脑还是清楚的。我说：'老二，以后我全要靠你了。'老二说：'我苦哉，我苦哉……'太师母接着对俞藻说：'老二实在不会说话，在这种场合，他应该说，大哥不幸去世，今后家里一切事，理应由我承担，请母亲放心。这样说既安慰了我，又表明了他的责任。'太师母气愤地说：

'难道他说苦哉苦哉，就能摆脱他养活我的责任吗？'"

这里"鲁迅逝世的电报到达八道湾后，周作人找宋紫佩同往西三条，通知太师母"，和鲁老太太所说"那天，老二和宋紫佩同来，我心里已猜到不是好兆头"，似根据周作人著《知堂回想录》一书："她（按指鲁瑞）虽是疼爱她的儿子，但也能够坚忍，在什么必要的时候。我还记得在鲁迅去世的那时候，上海来电报通知我，等我去告诉她知道，我一时觉得没有办法，便往北平图书馆找宋紫佩，先告诉了他，要他一同前去。去了觉得不好就说，就那么经过了好些工夫，这才把要说的话说了出来，看情形没有什么，两个人才放了心。她却说道：'我早有点料到了，你们两个人同来，不像是寻常的事情，而且是那样迟延尽管说些不要紧的话，愈加叫我猜着是为老大的事来的了。'"

而俞文中鲁老太太所说"及至得知老大已经逝世，我精神上受到沉重的打击，悲痛到了极点。只觉得全身颤抖，两腿抖得厉害，站都站不起来"，则似袭自许广平作《母亲》（载一九三七年三月二十五日《工作与学习丛刊》二集《原野》）一文："这回最疼爱的儿子死掉了，人家通知她，当时很镇静，不怎么哭，但之后不会走路了，寸步都需要扶持。她后来对人说：'我听到了这消息，我倒不哭。不过两腿发抖得厉害，所以简直不能独自举步了。'这慈祥的母亲和儿子一样强硬，但精神却被打击得太惨了。"

以上所引俞文的内容，据作者称系听她妹妹俞藻所说。我觉得奇怪的是，周老太太对别人讲过的话，为什么要一而再地重复说给俞藻听；而俞芳文章中增出的内容，又写在"死无对证"之时——当时在场的鲁瑞、宋琳和周作人，均早已辞世，而且"披露"在此事发生四五十年之后。至于许广平文中所云"她后来对人说"的"人"是谁，许并未说明，但肯定不是俞藻，至少时间不合。周作人过去讲过："若是别人所说，即便是母亲的话，也要她直接对我说过，才敢相信。"(《鲁迅的青年时代》) 对照俞文，说是"歪打正着"也行，说是"一语成谶"也行。

好在我写《周作人传》，除对于传主的思想与写作明显有影响者外，不大涉及这类家庭生活的内容。可以说我的兴趣本不在此，即如俗话所云"清官难断家务事"，而且单凭保存下来的一点材料，有些事情实在很难厘清。说来我们只要不轻信，就算是很不错了。"子绝四：毋意，毋必，毋固，毋我。"(《论语·子罕》) 这里同样用得上。

二〇一五年十二月九日

【附记】

茅盾晚年所著《我走过的道路》之"革新《小说月报》的前后"一章有云:"只看第一期,便知道这是'百家争鸣'的局面,周作人的论文提出的意见,只代表一个人;我与大多数文学研究会同人并不赞成,不过他是'名教授',所以把此文排在前面,表示'尊重'而已。这篇《圣书与中国文学》究竟提出什么主张呢? 不能不费点篇幅略为说明。概括起来,此文要点如下:……由此可见,《圣书与中国文学》在同期的三篇论文中显得何等的'特殊'。"茅盾与"大多数文学研究会同人"当年有关《圣书与中国文学》的真实看法究竟如何,现已无从查考;但在《小说月报》接下来的一期即一九二一年二月十日第十二卷第二号有一则"记者附白",当出诸茅盾自家手笔:"周作人先生本允做的两篇文章,现在因周先生病了,不及做来登在第二期了;我们很不幸,不能早读周先生的文章,只得请大家等着一下了。"其中对于周作人的态度,便与彼此社会地位和政治身份发生根本变化之后截然不同,我们面对晚近的史料或许也不可不稍加留意。

二〇一六年九月十二日

《茶店说书》序

前些时读《心经》，因想西方亦有类似总括一切的文字，大概古代可举《旧约》中《传道书》一篇，现代可举迪特里希·朋霍费尔《狱中书简》的《十年之后》里"关于愚蠢"一节。读之可知我们这个世界过去如何，现在如何，将来又会如何。譬如在朋霍费尔看来，不辨善恶，尤甚于故意为恶；唯其多数人不辨善恶，少数人才得以故意为恶。此即其所谓"愚蠢"。他说："愚蠢是一种道德上的缺陷，而不是一种理智上的缺陷。"反观整个二十世纪的历史，差不多全给这句话说中了。而我觉得不妨接着说：道德缺陷，其实就是一种理智缺陷或智力缺陷。

相比之下，我们写写文章实在无关大局，顶多止是小愚蠢罢。然而亦当深自警惕。新编集子要起名字，见过几本以"说书"为题的书，也来凑份热闹。有个现成的，见周作人一九六四年七月十三日致鲍耀明信："近见丰氏《源氏》译稿乃是茶店说书，似尚不明白《源氏》是什么书也。""茶店说书"或有出典，一时不及查考，我取这个书名，是告诫自己不要信口开河。

二〇〇八年十月二十七日

《茶店说书》后记

　　这是我的第九本随笔集——若把《画廊故事》和《苦雨斋识小》也算上，则是第十一本了。这些文章往往被看作"书评"，我也被称为"书评人"或"书评家"。然查《现代汉语词典》，书评是"评论或介绍书刊的文章"，我所写评论不多，更少介绍，怕担不起这名目。我只是写些因读书而生的想法，或涉事实，或涉思想，或涉生活，肤浅支离自是难免，但若没有一点儿自己的意思，我也是不动笔的。当然有些时候虽有感慨，却觉得不好说，或说不出。举个例子，皮耶尔·德·芒迪亚格所著小说《闲暇》，写主人公出门经商，中途在巴塞罗那收到家中女仆来信，告知他的妻子出事了。他没有读完信，决定暂不面对妻子的事故及造成事故的原因。他用三天时间饱览城市和寻欢作乐。之后他继续读信，知道儿子不幸溺死，妻子因而自杀。于是他也举枪自尽。读罢我想，我们所希望的无非是晚些得到那消息，所努力的无非是晚些看完那消息，所谓人生正在其间展开，此外没有什么可说的了。

二〇〇八年十二月七日

★《茶店说书》，中华书局二〇〇九年九月出版。

《河东辑》序

这本集子编就，赶上我满五十周岁。逢五逢十原属寻常，无须有所表示，但有朋友好事，叫我写"自述"之类，现在正好拿这来顶替，反正过去年月所思所想，多少呈现于此。至于再早时候，则真如鲁迅所谓"出屁股，衔手指"了，还是藏拙为幸。

别的不必多说，只就编选事宜略作介绍：其一，这是"编年体"，但年份偶有空缺，因为实在没有东西。至于各年不很平衡，起起落落，倒是符合真实情况。其二，除几篇小说取自所载杂志，其余均从我的十来本诗文集中选出。其三，自己比较看重的几本专门的书，如《樗下读庄》、《老子演义》、《神奇的现实》和《周作人传》，篇幅较大，我又不愿节选，所以都未编入。其四，此书系家母病中替我编选，我将此看作她送给我的一份礼物。谢谢她老人家，祝她长寿。

俗话说"三十年河东，三十年河西"，这里选录的是此前三十年所作，正好以"河东"为题，虽昔有《柳河东集》，亦不避重复。至于"河西"还远得很呢，希望到时候能有点长进。

二〇〇九年九月二十二日

★《河东辑》，复旦大学出版社二〇一〇年八月出版。

《比竹小品》序

《庄子·齐物论》云，南郭子綦"隐机而坐，仰天而嘘，苔焉似丧其耦"，颜成子游看出"今之隐机者，非昔之隐机者也"，子綦答以"今者吾丧我，汝知之乎"，又说："汝闻人籁而未闻地籁，汝闻地籁而未闻天籁夫。"子游曰："地籁则众窍是已，人籁则比竹是已。敢问天籁。"子綦曰："夫吹万不同，而使其自己也，咸其自取，怒者其谁邪。"

"人籁"不如"地籁"，时下倡导"返归自然"者亦如是说；"地籁"不如"天籁"，大概只有庄生才有这般见识。无论"人籁""地籁"，皆系人家借声；自然而然，方为"天籁"。赵德《四书笺义》："就己而言则曰吾，因人而言则曰我。"我之于吾，乃是外来影响，犹风之于窍穴，人之于箫管也。"吾丧我"，即"使其自己"；说真正属于自家的话，就是"天籁"。然此事"非知之艰，行之惟艰"，我作文多年，自愧仍是"比竹"耳。

二〇一〇年八月三日

《比竹小品》后记

二〇〇七年八月后所作，计有《云集》里的两篇，薄薄一册《茶店说书》，《沽酌集》修订本里的八篇，再就是这更薄的一册《比竹小品》，一总不过二十万字。这些都是"作文"，原属写不写两可，虽然我写每一篇尽量做到言之有物；唯《云集》序跋和《茶店说书》后记虽寥寥数语，却约略可见我这一时期的心境。然而现在连这个也不想谈了。偶读《论语》，孔子云："仁远乎哉，我欲仁，斯仁至矣。"有子云："因不失其亲，亦可宗也。"我想这其实有着一个如《老子》讲的"天地不仁"、"天道无亲"的背景——所谓"不仁"、"无亲"，亦即无所偏私，一视同仁。他们无非分别站在"天"和"我"的立场说话罢了。

二〇一〇年九月十九日

★《比竹小品》，花城出版社二〇一一年一月出版。

《旦暮帖》序

　　《庄子·齐物论》云："万世之后，而一遇大圣知其解者，是旦暮遇之也。"假若真能这样，则将有如穿越时间隧道，彼此所隔漫长"万世"，即可化为"旦暮"；而一己短暂"旦暮"，亦因之获取永恒意义，得与"万世"相当。不过此事甚难。去年我在东京买到武者小路实笃一幅《甘百目实大图》，系昭和三十九年（一九六四年）所绘，题词意云，桃子和栗子栽种三年结果，柿子则需八年，达摩面壁九年顿悟，而我要用一生时间方能明白。对之每每心生感慨。有朋友说，那么咱们只好等来世了。但《庄子·人间世》明言："来世不可待，往世不可追也。"盖人只有此区区年头好活耳。我用"旦暮"作为新的书名，实在是对自己的一点激励。虽然末了或许仍难免为友人言中也。

二〇一二年三月四日

《旦暮帖》后记

我的上一本随笔集《比竹小品》扉页印着"献给我的母亲"——此书交稿于二〇一〇年八九月间，当时母亲还在住院；待到来年年初我在北京书展见到样书，母亲去世已一月有半。类似的情况还有我的《河东辑》，那是母亲病中为我编选的；二〇〇九年六月即收到校样，母亲在日记里写道："送快递来了，是方方的三十年集，好重，序言中感谢我帮他编集，祝我健康长寿，我看得眼泪都出来了。"我一直想请她老人家以后在书上签个名字留念，但是校样被出版社压了太久，待到好不容易印出来已经来不及了。西谚有云"迟做总比不做好（Better late than never）"，可是有的时候，迟做与不做其实没有多大区别。

本书所收计二十六篇，均作于《比竹小品》之后。在此期间我还编订完成《周作人译文全集》，重校完成《周作人自编集》。我一直勉力去做计划要做的事情。我也断断续续写了一些关于生死问题的笔记，将来或许可以整理成书。

二〇一二年七月二十七日

★《旦暮帖》，山东画报出版社二〇一二年十一月出版。

《惜别》后记

　　索尔仁尼琴所著长篇小说《癌病房》里有个插曲：卡德明夫妇——妇科医师尼古拉·伊万诺维奇和他的妻子叶连娜·亚历山德罗夫娜蒙冤在劳改营度过十年光阴，又被永久流放到哈萨克南部的乌什－捷列克村，"生活作为种种乐趣所点缀起来的火树银花，是从他们为自己买下一座带宅旁园地的低矮土房子那一天开始的。"这对夫妇对于日常生活有着一种异乎寻常的热爱："他们要是弄到了一只白面包，就会高兴得不得了！今天俱乐部上映一部好电影——高兴得不得了！书店里有两卷本帕乌斯托夫斯基选集——高兴得不得了！来了专家镶牙——高兴得不得了！……"

　　我还是三十多年前读的《癌病房》，但对这一节记忆犹新。现在想来，我在《惜别》中所记述的母亲晚年的生活态度与卡德明夫妇颇有相近之处，而母亲也曾经历过长久的磨难。卡德明夫妇布置房间、料理园子、装订书籍、养狗、养猫，都饶有兴致，力求完美；母亲一生的最后一段时光，热衷读书、看电影、烹饪、养花、编织、集邮、收藏小物，每天也过得很充实、很讲究。她身患绝症之后说："我只有二十年生活得很高兴，是否太短了呢？他们害我过了二十五年非人的生活，我想能多过一些舒适的生活。"正因为有这样的背景，母亲和卡德明夫妇那些看似琐碎、过于个人化的行为被赋予了某种特殊意义或特殊价值，也许就不是微不足道的了。

有位朋友读了《惜别》，看出我母亲所说的"生活得很高兴"实在可怜。譬如我写道："她最爱过圣诞节，每年总是早早在客厅里摆出姐姐从美国寄给她的塑料圣诞树，点亮上面的小彩灯，还挂了不少包着彩纸的饰物。"朋友指出，这种塑料制品与我母亲小时候家里有的真的圣诞树无法相比。我在书中写了母亲喜欢逛沃尔玛和宜家，朋友也说，对于生活在国外的人来说这都是些不屑一去的地方。

我回答说，这一层在索尔仁尼琴笔下也写到了。当卡德明夫妇终于有了属于自己的房子，"他们没有任何家具，便请霍姆拉托维奇老头（也是个流放者）给他们在屋角里用土坯砌了个平台。这就成为一张双人床——多宽敞！多方便！这可真叫人高兴！缝了一只大口袋，里边塞满了麦秆——这就是床垫。还请霍姆拉托维奇做一张桌子，而且一定要做成圆的。霍姆拉托维奇有点纳闷：活在世上六十多年了，可从未见过圆桌。干吗要做圆的呢？'这就请您别管了！'尼古拉·伊万诺维奇搓着他那妇科医师白净而灵巧的手说。'反正一定要圆的！'下一件操心的事儿是设法弄到一盏玻璃的，而不是铁皮的高脚煤气灯，要灯芯一英寸宽的那种，而不要零点七的，此外，要有备用的玻璃罩子。在乌什－捷列克没有这样的灯卖，他们是托好心人从老远的地方辗转带来的。于是，他们的圆桌上也就放上了这样一盏灯，而且还加上了一只自制的灯伞。一九五四年，当大都市里人们竞相购置落地灯柱的时候，当世界上连氢弹都有了的时候，在这乌什－捷列克，自制圆桌上的这盏灯竟把简陋的土屋变成了十八世纪的豪华客厅了！多么阔气啊！"

与卡德明夫妇一样，我母亲晚年所享受的也是一种因陋就简的幸福——"因陋就简"一语当然不无讽刺意义，但这里该被讽刺的对象却不是那些因陋就简地感到幸福并且对此极为珍惜的人。

在我读过的作品中，还有一篇印象深刻：海因里希·伯尔所作短篇小说《我的叔叔弗雷德》。第二次世界大战结束，弗雷德叔叔从战场上归来，决意要在满目疮痍的城市做鲜花买卖谋生。有人认为当下没有谁会买这种显然过于奢侈的东西。然而，"在一个值得纪念的早晨，我们帮弗雷德叔叔把装满鲜花的桶送到电车站，他在那里开张营业。我所见到的黄的和红的郁金香、露水晶莹的丁香至今还浮现在我的脑海中。我也永远不会忘记当时的情景：我的叔叔站立在一片灰蒙蒙的身影和废墟中，他用响亮的嗓门吆喝起来：'鲜花——'这个时候，他是多么神采奕奕。关于他的生意的兴隆发达，我就毋庸赘述了，简而言之：就像彗星一般。四个星期以后，他已是三打锌桶的业主，两间分号的老板；一个月以后，他已成了纳税人。我感到整个城市都改观了：在许多角落里如今都出现了花摊，鲜花还是供不应求。"

这一情景长久令我感动不已。感动我的是作者刻意未着笔墨的那些买花的市民，他们与我母亲、与卡德明夫妇际遇不尽相同，但是对待生活的态度，或者说对于生活的要求，彼此却有一致之处。伯尔和索尔仁尼琴所写都是小说，但在我实际的人生经验中所得到的印证盖非偶然。我在《惜别》中写道："对于母亲来说，生存本身就是对于过去境遇的反抗。能够活下来已经是幸运了；争取把剩下的日子活得好一点，则是多少要赋予自己的一生以某种价值，某种意义。"我觉得这番话未必说的只是母亲一个人。

另有朋友读了《惜别》，觉得我对母亲那段始于"抛弃家庭，投身革命"，归为"平反昭雪，落实政策"的经历，未免写得过于简略，建议我另外写部"前传"。我说，这样的事情在我们的上一代人那里说来大同小异，别人已经写过很多了，而至今我还没有想清到底应该如何去写。我只是觉得无论发生过的是悲剧还是荒诞剧，都不应该仅仅限于记录过程而已。我所期待的是，就像塞尚不同于他之前以及同时代的所有画家那样画静物、画人像、画大自然，揭示出我们的上一代人的命运乃至当时整个社会、整个时代中更本质的东西，尽管最终或许仍然要将其归结为一出悲剧或荒诞剧。

我母亲晚年所说类似"孩子们，请你们一定要小心，每迈一步都要深虑，不要任性、心血来潮，走错一步，后患无穷，将后悔一生"的话，大概只有"过来人"自己才清楚真正分量。我想起福楼拜著《包法利夫人》中的爱玛·包法利："在倾听这在大地之上永恒之中回荡着的带有浪漫色彩的凄迷的哀音时，她是多么入神啊！……她长期处于平静的环境之中，反而滋长了一种对不平静的事物的向往。她爱海洋，只因那里有风暴；她爱绿苗，也只因它长在断壁残垣之间。"然而母亲还说："我的浪漫主义把自己害得那么惨。"

我在《惜别》中惋惜母亲当初未能像《钢铁是怎样炼成的》中的冬妮亚最终与保尔分手那样，走上一条对自己来说既聪明又正确的道路，冬妮亚对保尔说："我从来就不喜欢跟别人一个样子；要是你不便带我去，我就不去好了。"回过头去看爱玛，恰恰与此志向相反，背道而驰：包法利夫妇被邀到俄毕萨尔的安戴维里叶侯爵家做客，夜里留宿在那里，"东方现出了鱼肚色。她盯着这座楼房的许多窗子望了很久，想猜出昨夜她注意到的那些人住在哪些房间里。她真想了解他们的生活情况，进入他们的圈子，和他们发生联系。"

其实我母亲及其同时代人的经历，早已在《包法利夫人》中被描述过了，只要我们将这部本来是现实主义的小说看成是象征主义的，把爱玛从所读书籍受到的影响、她去参加的那场舞会、她在舞会上遇到的那位以后为她念念不忘的子爵、她与鲁道尔夫和莱昂的关系、她的倾家荡产与走投无路，乃至她最后的死，都视为对于过去现实的某种隐喻。

福楼拜说："去扩大饭桶堆（或天才群，反正一个意思）有什么必要，何苦为一大堆小事烦恼，这些事本来就让我觉得可怜，只能耸耸肩。……这上面，我得坦白，我要说的，没超过别人的内容，不见得说得和别人一样好，更不见得说得比别人好。"（一八五一年十一月三日致路易斯·科莱）这未始不是我站在自己的立场回顾上一代人的经历时所持的态度。然而福楼拜还是写出了不朽之作《包法利夫人》——对我来说，它的"不朽"就包括了我可以做上面那一番新的解读，而且简直天衣无缝。

我们的上一代人就是这样既重复了《包法利夫人》的故事，又重复了《癌病房》和《我的叔叔弗雷德》的故事。

二〇一四年十二月十日

★《惜别》，上海人民出版社二〇一四年八月出版，二〇一五年四月重印补入后记。

《惜别》繁体字版序

　　许多年前读过契诃夫一篇题为"苦恼"的短篇小说，写一位老马车夫刚刚死了儿子，他一再向乘客提起这事，乘客却个个了无兴趣，最后他只能向自己的马诉说不幸。小说开头引用了一句俄罗斯宗教诗作为题词："我向谁去诉说我的悲伤？……"这对要求别人分担自己丧失亲人痛苦的人来说，无疑是一种劝诫。父亲去世后，我曾写过几篇文章，母亲去世后，又写了《惜别》，我始终没敢忘记契诃夫的劝诫。

　　我们的话由内而外可以分为几个层次：一、对自己也不能说的；二、只能对自己说的；三、可以对亲人——尤其是父母——说的；四、可以对朋友说的；五、可以对陌生朋友譬如读者说的；六、根本没有必要说的。我们写东西，只能在第五层次加上与此重合的第三、四层次来说话。以此衡量，则我关于母亲，关于母亲与我，并无太多可以告诉不相识的读者的，更多写的还是因母亲去世而产生的对于生死的一些感悟。我想通过写这本书，思考一下生死到底是怎么回事，梳理一下中国人固有的生死观。我写的不是传记或回忆录，而是人人都将面临的生死问题，母亲的事仅仅作为一个例证。我只希冀共鸣，而不索取同情。

我平时读书，一向不喜欢个人情感过于夸张的写法。事实的夸张已经让人接受不了，情感的夸张尤其令人无法忍受。感情有七分，写出三四分就够了，如果非要写到十分，一切都给破坏了。我不爱读这样的书，当然也不会这样写书。

此次承印刻抬爱出版《惜别》的繁体字版，借此将我的上述想法和态度重申一过。书中写到母亲过去的经历非常简略，原因即如后记所说明；但母亲晚年对于生活那么热爱，其实正是根植于此。好在关于那段年月别人已经写了很多，还是那句话：其间每个人的遭遇无非大同小异而已。

二〇一六年五月二十四日

★《惜别》，INK印刻文学生活杂志出版有限公司二〇一六年七月出版。

《风月好谈》序

　　这几年去日本旅游，在东京的旧书店买到几幅日本作家写的"色纸"，都是合我心意的——我最喜爱的作家，毛笔书写，而且是汉字或以汉字为主。计有：谷崎润一郎书"心自闲"，川端康成书"風月好"，三岛由纪夫书"潮骚"和"忍"，井上靖书"天平の甍"。我不很懂书法，大概三岛水平最高，谷崎次之，川端又次之，井上则居末位。

　　"潮骚"和"天平之甍"均系书名，但单看字面也有意思，虽然那意思多少来自小说本身的阐释。《潮骚》要算三岛最明亮、最健康的一部作品，在他与其说是确定方向之作，不如说是划定范围之作：三岛是一位范围甚广，兼有多个方向的作家，《潮骚》可与他的《假面的告白》对照着看，从某种意义上说它们正是互为表里。井上的《天平之甍》写得清正、崇高，说来作者也别有作品可以对比，即《楼兰》里的《补陀落渡海记》，主人公金光坊是一位"反鉴真"，《补陀落渡海记》也是一篇"反《天平之甍》"。井上把人性完全相反的两个极端都体会得非常周全，也非常深刻。

"忍"这说法本来寻常，但出自三岛之手就特别耐人回味了，联想到他最后的死，感觉还是没能忍住。三岛鼓动兵变，切腹自杀一事，记得当年我还是在《参考消息》上得知，此前并无机会读到他的任何作品。多年后我参观山中湖畔的三岛由纪夫文学馆，看了一部他的生平专题片，长达一小时，内容翔实，但结尾只将一束光聚到《天人五衰》手稿最后一页"『豊饒の海』完。昭和四十五年十一月二十五日"这几个钢笔字上，压根儿没提他是怎么死的。我看若松孝二导演的电影《11·25自决之日：三岛由纪夫与年轻人们》，说实话不能引起共鸣。也许就像当时人们对于三岛赴死没有共鸣一样——这是一件只对三岛自己有意义的事，而时至今日，可能对他也没有什么意义了。三岛赴死的理由很幼稚，其实也很可笑——之所以没人觉得可笑，是因为他并非一个可笑之人。不过话又说回来，三岛尽管只活了四十五年，可他做的事情大概比别人两辈子做的还要多，成就当然也大得多。

卖家告诉我，"心自闲"系谷崎晚年为高血压病所苦时写的，而在我看来，这几个字恰好用来形容这位"江户子"的一生。谷崎不少作品都与他的实际生活有点牵扯，譬如《痴人的爱》、《神与人之间》、《食蓼虫》、《疯癫老人日记》等，谷崎可以说是个自我到需要借助写作来排解的人，但他的作品始终具有一种难得的洒脱气质。加藤周一认为，谷崎的作品只是"由此岸或者现世的世界观所产生的美的反映，而且是快乐主义的反映"（《日本文学史序说》）。在我看来，谷崎毕生致力于对美的探求，这种探求如此极端，如此无拘无束——对他来说，美没有任何限度，审美方式和审美体验也没有任何限度，在这方面，放眼世界恐怕没有一位作家比得上他。

查词典，"风月"一词一指景色，一指男女情事，川端于"风月"下着一"好"字，当是取前一词义，否则就落俗套了。不过他这也是言语道断，就像苏东坡讲"月白风清，如此良夜何"，别人只须随之礼赞而已。但我倒是循后一词义牵强附会地想到川端的一些作品，觉得也是很好的概括。在我看来，风月仅限于形容某一阶段的男女情事。我读西方小说，认为库普林纯洁无瑕的《阿列霞》、《石榴石手镯》，不能算是风月之作；而丑恶得令人窒息的《亚玛街》也不是，虽然故事的那个背景常被形容为"风月场所"。川端的早期之作，比如《伊豆的舞女》，给人的感觉是清澈得很；及至到了晚期，特别是《睡美人》和《一只胳膊》，又好像特别浑浊。二者或过或不及，在我看来都与风月沾不上边，只有介乎其间的《雪国》、《千鹤》和《山音》，才是写的这回事。

这几幅字皆为我的心爱之物。我本不事收藏，近年稍涉此道，偶有收获，计划将来写本小书，以上可充就中一节。这回要将《旦暮帖》之后的文章编一集子，书名就借用了川端的"风月好"，后缀一"谈"字。当然只是中意这字面，所收篇目实与风月无甚干系。可是鲁迅不是有《准风月谈》么，那么就算步前贤后尘好了。说来我还从未谈过风月呢。这里"好"当读三声，若读四声则作"喜欢"解，是乃预先表露一点心愿，将来谈谈倒也无妨。

二〇一四年十一月八日

《风月好谈》后记

收在这本书里的文章差不多是与《惜别》同时写的，区别在于其一讲自己的事，其一讲别人的事，虽然讲别人的事也需要夹杂些自己的东西，譬如眼光心得之类。此外还有一点一致之处，即自己的事并不是什么都讲，凡是认为无须或不宜说与别人听的，抑或尚且没有想好该如何说与别人听的，我就都给省略了；议论别人时，也是将心比心，并不要求他什么都拿出来供外人去谈。此之谓"己所不欲，勿施于人"。

忽然扯到这个话头似乎有点无端，我是在杂志上偶尔读到一篇题为"陆小曼何故如此——校读她的两种版本日记"的文章之后略有所感。作者对比陆小曼生前出版的《爱眉小扎》（上海良友图书印刷公司，一九三六年）中的"小曼日记"与身后别人印行的《陆小曼未刊日记墨迹》（三晋出版社，二〇〇九年），发现当初她对自己的日记多有增删改动，为此颇致不满："学人流传一个说法，读传记不如读年谱，读年谱不如读书信，读书信不如读日记。可见对日记真实性的期许。名人日记，一经公诸社会，便具文献性，影响深远，出版者应该自觉地负起历史责任感。不然，只可混淆一时，岂得久远。纵然遂了眼前心意，代价是失却了诚信度，大大得不偿失。近年来，出版的日记越来越多，倘若忽略本真原则，其遗患怎敢想象。"我当然很明白研究者的心思，但好像更理解陆小曼的做法：出自自家之手的文字，为什么不能修订一下，哪怕改得面目全非。鲁迅出版他与景宋（许广平）的通信集《两地书》，不是也有增删改动么。作者自具权利，是非在所不论。

进一步说，日记和书信即便原封不动，也未必一定就是百分之百的真实。印行《两地书》的同一家出版社后来出了《周作人书信》，周作人在"序信"中所说"这原不是情书，不会有什么好看的"，被认为是针对《两地书》而言；他另外写过一篇《情书写法》，其中引一个犯人的话说："普通情书常常写言过其实的肉麻话，不如此写不能有力量。"对此周氏有云，"第一，这使人知道怎么写情书。""第二，这又使人知道怎么看情书。"这副眼光其实可以移来审视所有写给别人或写给自己看的东西。说来我对"读传记不如读年谱，读年谱不如读书信，读书信不如读日记"一向有所置疑，天下事都是相对而言，并没有那么绝对。

　　川端康成曾为一九四八年五月至一九五四年四月新潮社出版的十六卷《川端康成全集》的每一卷撰写后记，讲述自己的创作历程，内容多取自当年的日记。川端说："自从写了之后我记得从来没有重读过这些日记。没有读却也没有扔掉。三十多年仅仅是带着它而已。因为编辑全集重新读了一遍，随后它就将被付之一炬。"我联想到陆小曼，她只不过没有如同川端那般做法，结果就使研究者拥有了可供"校读"的材料；假如早早把日记烧了，反倒不会受这一通指责。"陆小曼何故如此"——大概同样可以拿这题目另写一篇文章。其间孰对孰错实在难以说清，反正我不太赞同一味强调"文献性"、"历史责任感"云云而不顾及人之常情。

二〇一五年四月十四日

　　＊《风月好谈》，商务印书馆二〇一五年十月出版。

《喜剧作家》后记

　　我写小说的始末，具载拙著《插花地册子》"创作生涯"一章，这里不再重复。我想说的是，当年写的东西，停笔之后整整二十年不曾寓目。还是母亲在替我编"三十年集"时提起，你不是写过不少小说么，我这才从寄放在人家地下室的若干纸箱之一中找出来，不论当初发表的刊物还是手稿，纸张都已经泛黄了。

　　我是"悔其少作"的，最早写的几十万字小说习作，已经在二十五年前烧掉了，有一次写文章中言及此事，道是"幸未谬种流传"。另有一句老话叫"行年五十，而知四十九年非"，较之"悔其少作"显然有程度上的差异，我现在可以说正处在二者之间，虽然实际岁数早已超过那个期限，好像要坐实"世风日下，人心不古"似的。这也就是我将自己过去写的小说重新编选出版的原由。其实我出别的书，又何尝不是如此。即使是正在写的，未必没有一个"非"字在未来等着。勉强说是觉悟不到，然而我想，如果确定能有觉悟的那一天，觉悟得晚一点儿也未尝不可罢。

现在找出来的共十多篇，包括发表过和未曾发表的，当然没必要出"全编"，只挑出五篇，其余的还是"幸未谬种流传"。有四篇登在当年的文学杂志上，其中一篇改了题目，两篇有删节，这回都依手稿恢复了原貌。只有《走向》一篇向未面世，本来计划要写很长，但不知为什么写了个头儿就截止了，那段时间没写日记，我也不记得情节将如何进展了。在卷首添加了一句题词，录自马克·斯洛宁著《苏维埃俄罗斯文学》关于茨维塔耶娃的一节，那里说："她置身于历史之外生活、幻想和创作；她也意识到这一点，有一次说道：'我与我的世纪失之交臂。'"我想借来概括我笔下的那些人物。此外需要说明的是，当时我写诗写小说署名"方晴"，后来另取了笔名"止庵"，本打算分别用于虚构和非虚构作品，但前一类作品停笔多年，"方晴"实际上早已不用，现将虚构作品一并归在"止庵"名下，是以对我来说，"方晴"从此成为前世。我最后想写的小说暂名曰"神话"，一九八九年二月至一九九○年二月的日记中保留了详细的提纲，以及人物小传之类，大概是因为我到外企打工没有时间动笔，这一下就搁置了四分之一世纪。现在偶尔想起，不免还有些遗憾：去日苦多，人寿几何。

二○一六年三月八日

★《喜剧作家》，中信出版社二○一七年二月出版。

《雨脚集》题记

　　雨天窗子成了整个世界

　　一些脚步跑来又跑去

　　雨天有人替我做了一切

　　携着太阳去追赶一片桃树

　　或者去追赶自己

　　世界犹如密林深处

　　上为拙作《骊歌》之一章。我一向喜欢"雨脚"这景象，总是看得饶有趣味，虽然杜甫当初讲"床头屋漏无干处，雨脚如麻未断绝"，对此不无厌烦。而我置身事外地观看如北京话说"掉点儿了"，或地面，或水面，往往倏忽而来，隐约而去，清晰可辨，又不留踪迹，像小动物一样富有生命力，仿佛是对"天地不仁"说法的小小抗议，且兼具秩序与整齐之美。此等境界看似寻常，却往往为人力所难以企及。

　　这本集子所收录的，是我一些近乎"散文"的文章。编讫，无端想起"雨脚"来，尽管窗外是北京难得的没有雾霾的晴天。说来无非以此自勉而已。

二〇一六年三月二十六日

★《雨脚集》，上海辞书出版社二〇一六年八月出版。

关于自己

一

我开始学习写作，还在很小年纪。以后写小说，写诗，一九七九年后，用"方晴"这笔名发表了一些。此前写的一百多万字，幸未谬种流传。倒不是通常所谓"悔其少作"。回过头去看那些东西，除自家功底太浅外，与当时别人发表出来的无甚区别，都是胡编乱造。值得留意的是何以如此。而且非独写作为然；即便不写什么，问题照样存在。毋庸讳言，我们都有过这么一个思想背景，应该清算一下。

我曾写文章说："对于废名一九四九年后的转变，我觉得能够理解，但理解并不等于是认。此种现象当年普遍存在，以废名的《谈新诗》去比后来的《古代的人民文艺——〈诗经〉讲稿》、《杜诗讲稿》等，有如以刘大杰最初的《中国文学发展史》与后来几次修订本相比，或冯友兰的《中国哲学史》、《中国哲学简史》与其《中国哲学史新编》相比，朱光潜的《文艺心理学》、《谈美》、《诗论》与其《西方美学史》相比。其间得失，不待辞费；而废名变化之大，似乎较之各位尤著。就中原因，自不能完全归咎于个人，然中国不止一代知识分子曾经自觉地'改造思想'，以至普遍丧失思考和判断能力，却是我们迟早需要加以认真反思的。"（《也谈〈废名讲诗〉的编选》，二〇〇八年）"思想改造"是我之前一两辈人的事，说得上"洗心革面"；偶有例外，如杨绛《干校六记》所云："改造十多年，再加干校两年，且别说人人企求的进步我没有取得，就连自己这份私心，也没有减少些。我还是依然故我。"到了我这一代，只有"思想教育"，而其结果与思想改造正相一致。

我在另一处说："此种改造究竟自觉与否，真诚与否，其间并无根本区别，无关乎对于改造的性质判断。"（《再关于废名》，二〇〇八年）或已涉及迄今此类话题不能深入的症结所在。之前我也说过："真诚本身并不具备终极意义，真诚也不应该用以掩饰终极意义。不管真诚地戕害自己，还是真诚地戕害别人，戕害都不该被轻视，甚至被抹杀。真诚后面有果，前面还有因，何以如此真诚，正是值得反思之处。"（《思考起始之处》，二〇〇〇年）更早则说："世界上更多的坏事可能倒是由人们真诚地当做好事做出来的。唯其如此，他们

也才能如此无所顾忌也无所畏惧，才能把坏事做得如此彻底，如此超出人心与人力的极限。"(《真的研究》，一九九七年)

这种认识当然是受西方思想史上怀疑一派的影响。格雷厄姆·格林在《沉静的美国人》中说过："单纯无知是一种精神失常。"朋霍费尔《狱中书简》所论更为深刻。在他看来，不辨善恶，尤甚于故意为恶；唯其多数人不辨善恶，少数人才得以故意为恶。此即其所谓"愚蠢"。朋霍费尔说："愚蠢是一种道德上的缺陷，而不是一种理智上的缺陷。"反观整个二十世纪的历史，差不多全给这句话说中了。进一步讲，道德缺陷，其实就是一种理智缺陷或智力缺陷。我们当年自觉也好，真诚也好，皆应作如是观。

凡事一弊一利。我早期写作不堪回首，后来也谈不上有甚成绩，但是写过东西，多少知道文学创作是怎么回事，于以后看别人的作品不无帮助。当年写作，受到父亲很大鼓励。他专门为我写过两部书稿，教授小说写法。我曾经提到，父亲的文学理论，其原则与当时的正统观念并无区别；区别在于他很强调写作技巧，这个对我影响最大。我看父亲写的文章，与后来读到的历代诗话、词话一样，都涉及具体创作规律。他传授给我的是一种方法论，其关键在于感受与分析相辅相成。以后我虽然不复创作，却一直在思考相关问题。

刘勰《文心雕龙·序志》云："夫文心者，言为文之用心也。"不妨借用"文心"来形容作家从事某项文学创作的具体追求。"文心"因时因地而异，因文学流派而异，归根结底是因作家与作品而异；读者不能强求一律，更不应预设前提。作家写一部作品，实际上是给自己提出一种"可能性"；我们只能看它在多大程度上获得实现，也就是说，唯一可以探讨的是"可能性的可能性"。举个例子，张爱玲重读自家旧作《连环套》，"看到霓喜去支店探望店伙情人一节，以为行文至此，总有个什么目的，看完了诧异的对自己说：'就这样算了？'"（《〈张看〉自序》）她所说"想探测写这一段的时候的脑筋"，亦即体会"文心"。

《庄子·齐物论》提到"成心"，成玄英《庄子疏》云："夫域情滞著，执一家之偏见者，谓之成心。"我说："《齐物论》旨在去除成心，即一切绝对的、固定的看法，无论这看法来自自己，或来自别人。"（《阳子之宋》，一九九三年）做不到这一点，作者无"文心"可言，读者也体会不了"文心"。是以我说："有人读书为了印证自己，凡适合我者即为好，反之则坏；有人读书旨在了解别人，并不固守一己立场，总要试图明白作家干吗如此写法，努力追随他当初的一点思绪。虽然人各有志，私意却以前者为非，而以后者为

是。"(《〈罔两编〉序》，二〇〇三年）

从绝对意义上讲，一切阅读都是误读；其间毕竟存在稍为接近与愈加远离"文心"的差别。我希望尽量避免那种与"文心"毫不相干甚至背道而驰的误读。当初花不少工夫学习写作，若论获益，莫过于此。

二

格林在《人性的因素》中写道："'我们'，萨拉在想，'我们'。他像是代表一个组织在说话，……'我们'，还有'他们'都是听上去令人不舒服的词。这些词是一个警告，得提防点。"类似描写给我很大启发。回到上一节的话题，我认为："所谓改造，归根结底就是把'我'变成'我们'。"（《再关于废名》）对于上一两代"思想改造"的对象来说，后来需要找回"我"；对于我这一代"思想教育"的对象来说，则是需要找到"我"，当然，意识到这一点的人未必很多——否则就不存在"我"与"我们"的区别了——真正做到尤其不易。在我，这几乎完全是通过读书实现的。

去年有家报纸评选"三十年三十本书"，要我也给列个书单。我说，影响了"我们"的书，不一定影响"我"。三十年来我读了很多书，倘若有个总的目的的话，那就是想使

"我"与"我们"在一定程度和方向上分开。所以"我们"爱读的书，我读得很少。在思想方面，我不想受到"我们"所受到的影响，或者干脆说，我不想受到"我们"的影响。我列出的书单，即循这样的标准：假如当初不读这些书，自己会是另外一个人；因为读了这些书，方才成为现在这样一个人。

七十年代末，存在主义首先为我树立了一个个人视点，具体说来，萨特所标举的"选择"，使我意识到作为主体的"我"的存在，而在此之前，我根本不曾想到还能这样去思考问题。当然对我来说，这时还只有现实意义上的"我"与"我们"的区别，后来在思想意义上"我"从"我们"中脱离出来，却肇始于此。以后我读了不少翻译小说，发现无论写中短篇的蒲宁也好，还是写《橡皮》的罗伯－格里耶也好，他们对这个世界全都有着属于自己的完整看法，而世界上那些伟大作家无一不是如此。这较之先前自是进了一步，但仍限于文学创作，属于所谓"文心"范畴。及至我读《庄子》和禅宗语录，才真正明白根本问题是思想问题。

通过读书，关于世界我有了自己的看法，当然这与现实，与我以及上一两代的际遇也有关系，而首先就是不再局限于既定的"我们"的世界观了。这方面我受卡夫卡影响最大。我曾称卡夫卡为"我们这个时代的感受的先知","他写出了他的感受，然后，我们所有的人在我们各自的生活以及这些生活共同构成的历史演进中重复他的感受。对于我们一切都是新鲜的——当然这种新鲜之感说穿了也是由于不再麻木而已；而对他一切都是体验过的。我们穷尽一生只是走向了卡夫卡。"（《卡夫卡与我》，一九九七年）归根结底，卡夫卡感受到了一种前所未有的使自己丧失立足之地的巨大威胁。

卡夫卡所面对的二十世纪，较之既往究竟有什么不同呢。在我看来，一是"群众"力量空前强大；二是"新人"登上历史舞台。卡夫卡所感受到的，正是"我们"对"我"的威胁。而"我们"就是勒庞等人着力研究的所谓"群众"。勒庞在《乌合之众》中所说的"聚集成群的人，他们的感情和思想全都转到同一个方向，他们自觉的个性消失了，形成了一种集体心理"，揭示的正是"我们"如何吞没了"我"。勒庞似乎主要强调个人的理性在其置身于群体之中时被泯灭了，其实还有另一方面，即个人的非理性在其置身于群体之中时被张扬了。我写道："勒庞曾经详尽分析群体心理的低劣特性，然而这未必不是根植于其中每一个体的性格里，只不过当他作为个体存在时没有机会表现，而群体恰恰提供了这种机会。整个群体以及参加群体的其他个体，都是这一个体做出他此前——在意识或潜意识层面上——想做而做不到的事情的最有力的支持和保障。"(《当愚昧疯狂变得有趣时》，二〇〇〇年）只有着眼于这两方面，才能真正理解"我"是什么，以及"我"与"我们"之间的区别。

在近现代俄罗斯文学作品中，经常出现"新人"的形象。车尔尼雪夫斯基《怎么办》的革命者拉赫美托夫，被称为"新人"。此前屠格涅夫在《父与子》中，针对传统的"多余人"形象塑造了"虚无主义者"巴扎罗夫。后来陀思妥耶夫斯基的长篇小说《群魔》中，也有一个"虚无主义者"彼得·韦尔霍文斯基，这是一个无所不用其极的阴谋家。再往后阿尔志跋绥夫写了《萨宁》，主人公萨宁被称作"二十世纪的巴扎罗夫"，他是一个极端自私、为所欲为的人。彼得·韦尔霍文斯基与萨宁其实都是"新人"。我曾说："车尔尼雪夫斯基、陀思妥耶夫斯基与阿尔志跋绥夫心目中的此类人物虽然面目迥异，也许他们正是同一个人。若从继乎其后的二十世纪来看，真正给人类历史打上烙印的是彼得·韦尔霍文斯基与萨宁的混血儿，而拉赫美托夫只是所戴的一副面具罢了。"(《"新人的故事"》，二〇〇五年）萨宁之类"新人"完全拒绝道德观念和伦理价值，是我们视为精神家园的那个"旧世界"的颠覆者。卡夫卡所感受到的威胁，同样来自于此。"新人"是"群众"的代表，是"群众"的英雄。朋霍费尔所说"愚蠢是一种道德上的缺陷"，原本就是针对"群众"和"新人"而言，或者说是在描述他们之间的共生关系。

卡夫卡的作品涵盖的是整个人类，整个世界；具体到我们自己，以及所处的那一部分世界，我的看法其实也就是奥威尔的看法，"虽然我并未写过像他那样的作品，但是不妨直截了当地说，奥威尔代表一切将他视为这个世界的先知的人，包括我在内，写了《动物农场》和《一九八四》。……在同一方向上已经不可能有人说得更深刻，甚至不可能说得更多。奥威尔是直达本质的，而我们通常只局限于现象。那些自以为超越了奥威尔的，往往反而从他的立场有所退步。我们读他的书，真正明白他的意思，胜过一切言辞。"（《从圣徒到先知》，二〇〇四年）

《一九八四》与扎米亚京的《我们》、赫胥黎的《美丽新世界》并称为"反乌托邦三部曲"，其共同之处在于所描写的都是秩序的世界。秩序之外什么都不允许存在。然而在《美丽新世界》中，秩序与人的愿望达成了一致。"从这个意义上讲，'美丽新世界'可能比'一九八四'更难为我们所抵御，因为它没有'坏'，只有'好'。虽然这种'好'意味着人已经丧失一切，甚至比在《我们》和《一九八四》中丧失更多。"（《面对"美丽新世界"》，二〇〇五年）在我看来，我们处在"一九八四"与"美丽新世界"之间。而且大家是从不同地方、不同国度和不同体制下共同往这个方向努力。

三

我读书多年，将读书所得写下来却晚得多，迄今共得五百余篇，收入十来个集子，另有《插花地册子》（二〇〇一年）一种，是我的读书回忆。我说："过了三十岁我才写散文，那时彻底告别浪漫主义、英雄主义和理想主义已久，多少学会用现代人的眼光来看世界、历史、社会与人生了。"（《〈如面谈〉后记》，一九九七年）这使得我不致再代表"我们"说话了。我的读书之道就是我的写作之道。

我说过，自己所写文章大多是对世间的好作品——尤其是对心甘情愿承认写不出来的好作品——的礼赞，而这并非易事，"因为须得分辨何者为好，何者为坏，不致混淆是非，乃至以次充好——这既关乎眼力，又关乎良心；反观自己，于前者不敢妄自菲薄，于后者却是问心无愧也。"（《〈止庵序跋〉跋》，二〇〇四年）这就涉及为什么阅读的问题。"可以从两个层面来回答：其一，我需要有人对我说些什么；其二，我需要有人替我说些什么。二者都不妨形容为'契合'，然而程度有所不同。虽然这并不意味着他们在重要性上存在差别。前者也许讲出了有关这个世界的更多真谛，然而如果我开口，所说的将是后者讲的那些。以俄罗斯作家为例，普希金、果戈理、冈察洛夫、莱蒙托夫、屠格涅夫、陀思妥耶夫斯基、萨尔蒂科夫－谢德林、托尔斯泰、列斯科夫、伽尔洵、契诃夫、索洛古勃、梅列日科夫斯基、库普林、蒲宁、安德烈耶夫、阿尔志跋绥夫和别雷所说我都想听，其中果戈理和陀思妥耶夫斯基的话尤其想听，但要说当中有谁代表了我，大概只有契诃夫了。如果在世界范围里举出一位的话，那就是卡夫卡，虽然我另外喜欢的作家还有很多。借此正可回答我为什么不事创作的问题。道理很简单，因为有人已经替我写了。——我这样讲，似乎忽略了才能、机缘之类与创作相关的重要因素。那么换个说法：卡夫卡或契诃夫是我希望成为的作家，他们是我梦想中的自己。因为世界上有了他们，我不曾虚度此生。"（《安东尼奥尼与我》，二○○八年）上一节讲到奥威尔，也是同样意思。从根本上讲，我把阅读视为对于真理和创造的一种认同过程。所以一再声明，自己真正的兴趣是读书，偶尔记录感想，不过是副产品罢了。

我读书，将读书所得写下来，受到中国古代诗话、词话很大影响。这最早也是父亲推荐给我的。"诗话、词话每则多很简短，但却体会入微，而前人佳作的好处正在字里行间，需要我们细细品味，用心感受，倘若走马观花，则一无所得。古人谈论诗词，又往往互相联系，彼此打通，窥见共同规律，但始终不离前述具体感受。我正是由此学得一种读书方法，或者说思维方法，而将其记录下来，似乎就是文章的特别写法了。"（《插花地册子》）说来还当归结为对于"文心"的体会。

我很希望能做弗吉尼亚·伍尔夫所说的"普通读者"，具体说来，即如其所言："显而易见，书是分门别类的——小说、传记、诗歌等等——我们应该有所区别，从每一类别中选取该类别能够给予我们的好东西。然而很少有人问书到底能为我们提供些什么。通常情况下，我们总是以一种模糊和零散的心绪拿起一本书进行阅读，想到的是小说的描写是否逼真，诗歌的情感是否真实，传记的内容是否一味摆好，历史记载是否强化了我们的偏见，等等。如果我们在阅读时能够摆脱这些先入之成见，那么就有了一个良好的开端。不要去指使作者，而要进入作者的世界；尽量成为作者的伙伴和参谋。如果你一开始就退缩一旁，你是你，我是我；或者品头论足，说三道四，你肯定无法从阅读中获得尽可能多的价值。相反，如果你能尽量地敞开心扉，从最初部分开始，那些词语及其隐含之意就会把你带入人类的另一个奇异洞天。深入这个洞天，了解这个洞天，接下来你就会发现作者正在给予或试图给予你的东西是非常明确的、非常实在的。"（《我们应该怎样读书？》）对此我说："伍尔夫所说摆脱成见，实为读书的前提，否则看得再多，也毫无用处。一卷在手，我们所面对的不只是这本书，还有关于它的各种说法，诸如评价、解释之类，这些东西挡在眼前，可能使人难以得窥真相。"（《普通读者》，二〇〇八年）

话说至此，实已不限于读书写作，而关乎一个人的思想，亦即安身立命的大事了。我曾说："这几年逐渐形成一个看法，与思想和文章都有关，就是不轻易接受别人的前提，也不轻易给别人规定前提。轻易接受前提的，往往认为别人也该接受这一前提；轻易规定前提的，他的前提原本就是从别处领来的，所以两者乃是一码事。"（《〈史实与神话〉后记》，二〇〇〇年）又说："我觉得世上有两句话最危险，一是'想必如此'，一是'理所当然'。前者是将自己的前提加之于人，后者是将既定的前提和盘接受，都忽略了对具体事实的推究，也放弃了一己思考的权利。我们生活在一个话语泛滥的世界，太容易讲现成话了；然而有创见又特别难；那么就退一步罢，即便讲的是重复的意思，此前也要经过一番

认真思考才行。"(《插花地册子》)

前面讲到阅读是对真理和创造的认同，可以说是"信"；"信"之前还得有"疑"，要经自家验证，真理确系真理、创造果为创造才行。我说过："囿于定论，我们所拥有的世界可能太过狭隘、简单，充满失实之处，甚至已经死去。目下'独立思考'与'思想自由'都是时髦话，然而独立与自由的对象究竟是什么，似乎很少有人给予明确答复。在我看来，无非就是独立于定论，自由于定论，否则一切都成了空话。定论是结果，不是前提；以定论为前提，'独立'与'自由'充其量不过是别出心裁地为定论作诠释罢了。需要强调的是，独立自由于定论并不意味最终一定要摒弃定论，只是要给自己保留一个真正认识世界和真正认真思考的必要过程而已。"(《历史之外的历史》，二〇〇二年）"我"与"我们"，正是在这一点上分道扬镳。

四

我关于"独立思考"与"思想自由"的认识，特别受益于《庄子》和禅宗语录。从一九八六年开始，我起念通读儒家典籍及先秦诸子，就中《庄子》尤得我心。此后十年，我读了一百来种注本，写成《樗下读庄》（一九九九年）一书。

《庄子·大宗师》假托孔子之口说："彼，游方之外者也。"
"方"就是包括"礼"在内的一应社会意识，以及在此基础
上构筑的社会秩序。我认为："假如从《庄子》中挑出一句
话以概括全书，就应该是'吾丧我'。'吾丧我'就是'逍遥
游'，《逍遥游》里形容为'乘天地之正，而御六气之辩，以
游无穷'；其实也就是'游方之外'，所以'吾丧我'即摈弃
自己身上的那个'游方之内者'。果能如此，是为得道。《庄
子》的'道'指事物自然状态，乃是本来如此，有如《知北
游》所说：'天不得不高，地不得不广，日月不得不行，万物
不得不昌，此其道与。'对人来说，就是拒绝了固有价值体系
之后所获得的自由意识。拒绝固有价值体系，也就不在这一
体系之内做判断，无论是'是'还是'非'。'非'的依据还
是'是'，并没有超越于'是'的价值体系，所以《齐物论》
说：'是亦彼也，彼亦是也。''彼是莫得其偶，谓之道枢'，
才是真的自由。《大宗师》形容为'自适其适'。从根本上
讲，《庄子》是心学，'吾丧我'发生在头脑之中。"（《我读
〈庄子〉与〈论语〉》，二○○七年）

　　读《庄子》之后，又读《五灯会元》、《古尊宿语录》
等，我认识到，"《庄子》所说最终是一门有关前提的哲学。
禅宗正是在这一点上发展了《庄子》，公案成千上万，其实都

是提供一种思维方式，而这一思维方式的特点就是拒绝既定的思维方式。譬如：'问：如何是祖师西来意？师曰：庭前柏树子。'古德如此回答，意义只在打破提问造成的语境，否定对方强加的前提，因此从有限境界超越到无限境界。禅宗所讲的是'大语境'，绝对自由自在，我所领悟的只是它的一个前提，即不轻易接受任何既定前提，也就是'逢佛杀佛，逢祖杀祖'。"（《插花地册子》）

我曾说："《庄子》讲的是关于一个人的哲学——这世界上只有'我'；《论语》讲的是关于两个人的哲学——除了'我'之外，还有'你'或'他'。……《庄子·大宗师》里，孔子讲了'彼，游方之外者也；而丘，游方之内者也'，又找补一句'外内不相及'；然而具体在我，却一并做成自己的人生观。道理很简单：人不能只有自己，但也不能没有自己，全看是在什么时候。是以既不忘'鸟兽不可与同群，吾非斯人之徒与而谁与'，又需要'吾丧我'、'自适其适'——在'吾丧我'的范围内'自适其适'，'我不欲人之加诸我也，吾亦欲无加诸人。'"（《我读〈庄子〉与〈论语〉》）这些年里我读《论语》，作有笔记若干，也拟写成一本书。孔子的"仁"，借用周作人的话，"所谓为仁直接的说即是做人，仁即是把他人当做人看待。"至于就中道理，则如其所说："饮食以求个体之生存，男女以求种族之生存，这本是一切生物的本能，进化论者所谓求生意志，人也是生物，所以这本能自然也是有的。不过一般生物的求生是单纯的，只要能生存便不问手段，只要自己能生存，便不惜危害别个的生存，人则不然，他与生物同样的要求生存，但最初觉得单独不能达到目的，须与别个联络，互相扶助，才能好好的生存，随后又感到别人也与自己同样的有好恶，设法圆满的相处，前者是生存的方法，动物中也有能够做到的，后者乃是人所独有的生存道德，古人云人之所以异于禽兽者几希，盖即此也。"（《中国的思想问题》）"仁"就是这"人所独有的生存道德"。

还可以引《老子》作为对比。我说孔子讲的是两个人的哲学，其实《老子》也是如此，但在孔子看来，这另一位是好人；而在《老子》作者看来，则是坏人。我写过一本《老子演义》（二〇〇一年），指出《老子》的主旨是"反者道之动，弱者道之用"，前一句讲道的规律，在于事物向着相反方面转化；后一句讲利用这一规律，所以置身于弱的一极，以期"柔弱胜刚强"。我曾说过："孔子的形象对于中国的读书人来说，永远具有道德感召力；他的意义在此，但也仅限于此。且想象有一道斜坡，大家都往下走，忽然回头一面，高处有个背影，那就是孔子。这也就是孔子的楷模意义。《论语》可能解决不了什么问题，但因为有了孔子，我们起码不至于太堕落。用前人的话说就是：'天不生仲尼，万古长如夜。'《论语》讲的是求圣之道——'圣'无非就是高于人间的道德水准罢了；《老子》则是求胜之道，因为生存环境恶劣，所以不得不如此。孔子是人道主义者，所说的'仁'就是彼此都把对方当人，以期大家都能好好生存。《老子》则是我胜你败，我活你死。"（《关于读〈老子〉》，二〇〇八年）在我看来，整个先秦哲学，统可摄于孔、老、庄三家之下，孔子一脉有孟子、荀子，老子一脉有孙子、韩非子，只有庄子是自说自话。

五

哲学之外，我感兴趣的还有历史。迄今所读到的历史都是"结果史"，我希望能另有一部与之并行的"人类动机史"——讲得准确一点，一部同时包括了这两方面的书。我曾说："我看历史，觉得史家述说起来总是放过虚妄的一面，把握实在的一面，这当然没错，但是现在看来是虚妄的，起初对当事人来说也许反倒是实在，而实在的则要很久以后才能为我们所知道。迄今为止，所有文本的历史其实都是意义的历史，然而意义的历史未必能够还原为事实的历史。因为意义多半是后人赋予的，当事人则别有动机，或者说别有属于他们自己的意义。他们并不曾按照后人赋予的那些意义行事。这样就有后人和当事人两个视点；从不同视点出发，可以写出不同的著作，其一涉及评价，其一关乎理解。"我所写的《史实与神话》（二〇〇〇年；二〇〇五年修订为《神奇的现实》）一书，多少可以视为这部"动机/结果史"的一个片段。我说："这回我想干的是后面一件事情，因为对当时各类人的想法和心态更为关心。就所涉及的这段历史来说，这种差别特别明显，甚至可以说神话就是史实，史实就是神话。流传下来的一首义和团乩语，上来就说：'神助拳，义和团……'那么我有一个问题：如果没有'神助拳'，还有没有'义和团'。义和团要是事先知道自己法术不灵，他们是否还会那么自信和勇猛；朝廷和民众要是事先知道义和团法术不灵，是否还会把希望——至少是一部分希望——放在他们身上。这都是我想弄明白的。"

这个想法，也体现于后来所著《周作人传》（二〇〇九年），从某种意义上讲，这也属于"动机/结果史"。那里我说："承认周作人的'思想'与'行事'之间存在某种因果关系，未必就要肯定其行事，也未必因此就要否定其思想。……历史向来只管结果，不管动机；面对历史，一个人当初想法如何，意义仅限于他自己。不过动机或思想，尽管不能用于对其行为做出评判，却有助于理解。前者面对'如此'，后者则涉及'何以如此'。理解既不等同于评判，更不能取代评判。"

实际上，这也就是承认历史的复杂之处。木山英雄著《北京苦住庵记：日中战争时代的周作人》起首说："我的愿望只是想亲自来确认一下使自己平素爱读的那位作家后半生沾满污名的事件真相。"结末则说："事件史中或许有教训也说不定，但并不一定需要结论。"对此我说："这是一种个人的，然而也是学术的姿态。……当然，'不一定需要结论'未必就要抹杀既有结论，甚至可以理解为'不一定需要'在既有结论之外另行标举'结论'。'事件真相'涉及事实、思想和境遇诸多层面，相比之下，'结论'简要得多，其间种种归纳、省略乃属必要。但是，不能忽视这一差别。也就是说，'结论'得自'事件真相'，却无法由此反向推演'事件真相'。"（《历史的复杂之处》，二〇〇八年）

但是我们往往把事情简单化，无论关乎一桩历史事件，还是一个人的思想。我觉得："我们的论家在鲁迅研究，特别是周作人研究中，经常循着一个'以果证因'的路数，即先把某人最终定性为某种角色，再回过头去找寻有助于这一结论的'思想脉络'，有用的就用上，没用的就忽略不计。人是从前往后活的，我们却好像是要让他从后往前活。"(《有是事说是事》，一九九九年）这就又归结到前面讲过的不应从"定论"出发了。

我思考较多的，还有思想与现实的关系问题。我以为："思想的意义并不在于其是否改变了现实，而是在于思想本身是否成为一种现实；或者说，思想以其存在，使得现实不再是唯一的存在。"(《直言不讳的智者》，二○○三年）在《周作人传》中，这一想法几乎贯穿始终。周作人对我具有重要影响，但在这一点上，我对他的看法有所保留。他后来提出"道义之事功化"，显然与其曾经强调的"教训之无用"有所背离，而他一生的悲剧多少与此相关。对于周作人，我所惋惜的恰恰在于他没能彻底放弃启蒙主义立场，如他自己所期许的那样做个纯粹的思想者，以从事文化批判为己任。"道义之事功化"系针对董仲舒"正其谊不谋其利，名其道不计其功"而言，其实"谊"即是"利"，"道"即是"功"，此即如周氏所云："希腊有过苏格拉底，印度有过释迦，中国有过孔老，他们都被尊为圣人，但是在现今的本国人民中间他们可以说是等于'不曾有过'。我想这原是当然的，正不必代为无谓地悼叹。这些伟人倘若真是不曾存在，我们现今当不知怎么的更是寂寞，但是如今既有言行流传，足供有艺术趣味的人欣赏，那就尽够好了。"(《教训之无用》)董仲舒标榜"不谋"、"不计"固然不宜，但并不一定非得"道义之事功化"不可。

思想者的一己行为，也常常被用来评衡思想乃至思想者的价值，在我看来，这也是一个误区。"思想者的贡献仅仅在于思想。思想为思想者所贡献之后，就已经成为人类的共同财产，成为文明的组成部分，而不再为该思想者所独有。思想是否为思想者所实践，仅仅对思想者有意义，对思想则没有意义。思想的对象是整个人类。把思想与行为看作两回事，并不意味着要放弃对思想者的行为的考察，只是说这一考察应该限于思想者的行为本身，而没有必要将外延扩大到他曾经贡献过的思想。因为对于这一思想来说，这时思想者实际上已经转变成行为者了，如同别的行为者一样。只能说他是不是合格的行为者，不能再说他是不是合格的思想者。不合格的行为者并不等于不合格的思想者。也就是说，我们尽可以在另一场合去褒扬或贬抑这个人，看看他的行事如何，他的人格如何，但是无论说什么，都仅仅是针对具体这个人而已。"(《思想、思想者与行为者》，二〇〇〇年)

六

十几年来，我花了不少精力从事现代文学的研究整理工作。所著唯《周作人传》稍成片段，此外均系零碎小篇，倒是在编校方面着力较多。已印行者有《周作人自编文集》三十六种，《苦雨斋译丛》十六种，《周氏兄弟合译文集》四种，《近代欧洲文学史》一种，《鲁迅著译编年全集》二十卷（与王世家合编），《废名文集》和《阿赖耶识论》各一种。《张爱玲全集》已完成十卷，正陆续出版。又有《周作人译文集》十一卷在编辑中。这当然与一己兴趣有关，这里几位作者，都是我最推崇的。

上述诸书中，《近代欧洲文学史》是我发现的周作人佚著。我偶尔上网查阅某图书馆目录，见周氏名下有此一种，遂请作者家属代为查看，原是当年他在北京大学的讲义，计十万字，向未付梓。该书以十九世纪部分为重点，正可弥补此前出版的《欧洲文学史》不全之憾。我和戴大洪合作写了十八万字的注释。另外，《周作人自编文集》中的《老虎桥杂诗》、《木片集》，《苦雨斋译丛》中的《希腊神话》，以及废名的《阿赖耶识论》，都是首次出版。我自认为："作为一个读者偶尔涉足出版，有机会印行几种从未面世的书，与其说感到荣幸，倒不如说少些担忧：我是经历过几十年前那场文化浩劫的人，眼见多少前人心血毁于一旦；现在印成铅字，虽然未必有多少人愿意看它，总归不至再因什么变故而失传了罢。"（《读书、编书与写书》，二〇〇八年）周作人一九四九年后的译作，以前出版的都是别人不同程度上的修改或删节本，不少地方面目全非。幸而译者手稿多半保存下来，编入《苦雨斋译丛》时，一律恢复了原貌。周作人翻译方面的成就，其实未必在其创作之下；特别是对古日本和古希腊作品的翻译，在整个中国翻译史上迄今也很少有人能够相比。可是真要谈论他的译文特色，大概还要以这个本子作为依据。《周作人自编文集》中的《知堂回想录》，原先香港印行的本子错谬太多，我则据作者家属所提供的手稿复印件，订正了数千处之多。《张爱玲全集》中的《重返边城》和《小团圆》，也是根据作者原稿校订。

编校之事，多属琐碎，可以略述我自己一向遵守的原则。首先，体例须得严谨，编订之前，先拟凡例，因书而异。凡例有如法律，制订时要考虑是否适用，能否遵行；实行时则不容违背，杜绝例外。其次，整理前人著作，除必要之举外，编者个人色彩愈少愈好。字句校订，"'能不改就不改'，只要有据可查，无论辞书还是先前的文学作品，一律不作改动。"(《〈小团圆〉原稿校读记》，二〇〇九年）简而言之，"不错即对"。再次，"一般来说，应以作者定稿即其生前最后修订的一版为底本，假如有亲手校勘过的本子就更应采用了。……作者有权修订自己的作品，虽然未必改得更好，竟或适得其反；倘若出校记，所记录的是'曾经如何'，其间高下则是另一回事。"(《关于〈废名集〉》，二〇〇九年）

张爱玲有云："本人还在好好地过日子，只是写得较少，却先后有人将我的作品视为公产，随意发表出书，居然悻悻责备我不应发表自己的旧作，反而侵犯了他的权利。我无从想象富有幽默感如萧伯纳，大男子主义如海明威，怎么样应付这种堂而皇之的海盗行为。……如果他们遇到我这种情况，相信萧伯纳绝不会那么长寿，海明威的猎枪也会提前走火。"(《〈续集〉自序》）我的体会是，"编书者的对面不光是印着一些字的纸而已，还有写这些东西的人，是否也该当它是件人与人之间的事情来办，有一点出乎人之常情的体谅与小心呢。虚悬一个什么——比如说'研究'——在人情之上，我想其被人所骂也是该着的罢。"(《谈编书》，一九九七年）

写到这里，"关于自己"交待已毕，还有一点闲话，顺便一说。前些时谷林先生逝世，我著文纪念，谈到他对周作人的看法时，提及论家对其《答客问》不无误解。文章刊出后，接到来信云："……其实那几句不当的话，只为引出最末一句：'时下知堂读者遍及各处，闻有只取一侧亦步亦趋者，貌似恬淡实为消沉，谷林于他们或许是个无言的提醒。'这提醒也是我的愿望。"我回信说，今非昔比，恐怕消沉已是难能可贵的了，当初周氏是否消沉则姑置勿论。《现代汉语词典》释"恬淡"为"不追求名利；淡泊"、"恬静；安适"，释"消沉"为"情绪低落"；当今之世，躁狂者与奔竞者多有，相形之下，不追求名利、淡泊、恬静、安适诚为情绪低落，故消沉与恬淡相去一间耳。而有此种立场在，对躁狂奔竞"或许是个无言的提醒"，虽不管用亦无所谓。我愿以此自勉。

二○○九年五月二日

本色文丛·名家散文随笔系列（柳鸣九主编）

第一辑

《奇异的音乐》	屠　岸/著
《子在川上》	柳鸣九/著
《往事新编》	许渊冲/著
《飞光暗度》	高　莽/著
《岁月几缕丝》	刘再复/著
《榆斋闲音》	张　玲/著
《信步闲庭》	叶廷芳/著
《长河流月去无声》	蓝英年/著

第二辑

《母亲的针线活》	何西来/著
《青灯有味忆儿时》	王春瑜/著
《神圣的沉静》	刘心武/著
《坐看云起时》	邵燕祥/著
《花之语》	肖复兴/著
《花朝月夕》	谢　冕/著
《纸上风雅》	李国文/著
《无用是本心》	潘向黎/著

第三辑

《散文季节》　　　　　赵　园 / 著
《美色有翅》　　　　　卞毓方 / 著
《行色》　　　　　　　龚　静 / 著
《秦淮河里的船》　　　施康强 / 著
《春天的残酷》　　　　谢大光 / 著
《风景已远去》　　　　李　辉 / 著
《好女人是一所学校》　梁晓声 / 著
《山野·命运·人生》　乐黛云 / 著

第四辑

《一片二片三四片》　　钟叔河 / 著
《哲思边缘》　　　　　叶秀山 / 著
《心自闲室文录》　　　止　庵 / 著
《四面八方》　　　　　韩少功 / 著
《遥远的，不回头的》　边　芹 / 著
《向书而在》　　　　　陈众议 / 著
《蛇仙驾到》　　　　　徐　坤 / 著
《春深更著花》　　　　江胜信 / 著